KB100261

소년 두이

소년 두이

ⓒ한정영, 2021

초판 1쇄 발행 2021년 3월 29일
초판 3쇄 발행 2024년 3월 11일

지은이 한정영
펴낸이 김혜선 **펴낸곳** 서유재 **등록** 제2015-000217호
주소 (우)04034 서울 마포구 잔다리로7길 18(서교동 377-20) 504호
전화 070-5135-1866 **팩스** 0505-116-1866 **대표메일** seoyujaebooks@gmail.com
종이 엔페이퍼 **인쇄** 성광인쇄

ISBN 979-11-89034-38-2 43810

바일간 012

소년 두이

한정영 장편소설

서유재

| 차례 |

한낮의 총소리

나룻배가 몽돌해안 가까이 닿았을 때 해는 엄지섬 쪽으로 반 뼘쯤 더 떨어졌다. 조금 더 시간이 지나면 두드러기형제섬과 그 옆의 말뚝섬 사이로 해가 질 것이었다. 그래서인지 몰라도 바다에 비친 태양이 유독 눈부셨다.

아버지는 배를 육지 쪽 이끼바위 틈새까지 바짝 끌어 올린 다음 닻줄을 바위에 단단히 묶었다. 통나무를 쪼개고 칡뿌리와 나무껍질로 엮어서 만든 배였다. 얼추 보면 보잘것없는 뗏목 같아도 엄마가 내다 버린 이불 홑청으로 기워 만든 돛도 달려 있어서 아버지는 애지중지했다. 누가 가져가거나 파도에 떠내려갈까 봐 이편저편을 여러 번 둘러보았다.

한참 동안 유난을 떨던 아버지는 방금 떠나온 엄지섬을 잠깐 쳐다보았다.

"달포쯤 지나면 쓸 만하게 자라 있을 게야."

아버지가 중얼거리듯 말하며 돌아섰다. 아무래도 약모밀이 눈앞을 떠나지 않는 모양이었다. 하지만 조붓한 갯가 한쪽에 수북이 자란 약모밀을 발견했을 때는 이미 배를 띄운 뒤였다. 게다가 물길이 이미 거꾸로 흐르기 시작하고 있었다. 곧 더욱 거친 해류가 밀어닥칠 것이었다. 얼른 빠져나가지 않으면 두드러기형제섬 쪽으로 빨려 들어가고 말 터였다.

두드러기 나듯 크고 작은 바위가 삐죽삐죽 솟아 두드러기형제섬이라 불리는 두 섬 사이는 어느 곳보다 물살이 빨랐다. 그뿐인가, 어느 곳에는 소용돌이가 생겨서 웬만한 배도 빨려 들면 곤욕을 치르곤 했다. 아버지는 망설이다가 차마 물길을 거스를 자신이 없었던지 서둘러 음죽도(吟竹島) 쪽으로 노를 저었다. 그러는 중에도 몇 번이나 엄지섬을 힐끗거렸다.

아버지는 곧 동백나무가 울타리처럼 줄지어 자란 해안 언덕을 오르기 시작했다.

자르륵 자르륵.

자갈돌에 밀려왔다가 빠져나가는 바닷물 소리가 언덕 위까지 따라왔다. 두이는 잰걸음으로 아버지의 뒤를 쫓았다.

약모밀을 두고 왔지만 아버지의 발걸음은 그리 무거워 보이지 않았다. 하긴 음죽도에서는 보기 힘들다는 후박나무 잎과 껍질 그리고 쥐꼬리망초까지 캐서 망태기에 넣었으니 그만해도 든든할 것이었다.

두이도 아버지와 보폭을 맞추긴 했지만 속마음은 달랐다.

'엄마⋯⋯!'

자신도 모르게 입술을 떨었다. 엄마의 얼굴이 떠오르는 바람에 잠깐 걸음을 멈추었다. 얼른 다시 걷기는 했지만 양발이 서로 꼬이는 통에 제풀에 휘청거렸다. 그러느라 걸음이 뒤처지고 말았다. 하필이면 그걸 또 아버지가 돌아보았다. 두이는 공연히 얼굴이 뜨거웠다.

문득 아버지가 두이의 속마음을 읽기라도 한 듯 한소리 했다.

"어찌 그러느냐? 네 어머니한테 꾸중 들을 걱정 때문이냐?"

두이는 대답하지 않고 서둘러 걸었다. 아버지가 몰라서 물은 게 아니란 걸 알고 있었기 때문이다. 그래서 아버지가 조금 얄미웠다. '그럴 걸 알면서도 구태여 무인도까지 데려가야 했어요'라고 투정이라도 부려 보고 싶었다. 물론 그게 더 우스운 일이란 걸 알았으므로 차마 입을 놀릴 수는 없었다. 정작 뒷갈망은 생각지도 않고 냉큼 따라나선 게 두이 자신이었으니까. 그러므로 아버지를 원망할 마음은 없었다.

아버지도 더 이상 묻지 않았다.

'당장 내년 봄에 과거 시험이 있을 텐데 무슨 약초란 말이야?'

엄마가 당장이라도 앞에 나타나 소리칠 것 같았다. 지난해 한가위 무렵, 열 살 때 한 번 왔던 당숙 어른이 오 년 만에 다시 다녀가신 뒤로 엄마는 더욱 공부를 채근했다. 기다렸다는 듯 두이가 바깥으로 나돌 때마다 엄마의 꾸중도 한결 거칠어졌다. 예전에는 아버지가 종종 끼어들어 엄마의 잔소리를 누그러뜨리곤 했지만 이제는 아버지도 엄마의 극성을 버거워하는 눈치였다.

우선은 걸었다. 종종걸음을 치다 보니 대나무가 빼곡하게 자란 숲길로 들어섰다. 그러자마자 섬에서는 흔하지 않은 산바람이 한 차례 불어왔다. 그리고 그 찰나에 숲이 소리를 냈다.

우으으으음.

누군가 어금니를 물고 오래된 슬픔을 참으며 내는 소리처럼 들렸다. 음죽도는 어느 곳에서나 대나무를 볼 수 있었지만 서쪽 해안에 치우친 대숲에서 나는 소리는 남달랐다. 묘하게도 바닷바람이 불 때보다 흔치 않은 산바람이 불 때 더 기이한 소리가 났다.

어떤 사람은 바다에서 아비를 잃은 어린아이가 우는 소리 같다고 했다. 바람이 조금 더 거친 밤에 들으면 영락없는 통곡 소리로 들리기도 했다. 그런가 하면 한 많은 아낙의 신음 같다는 이들도 있었다.

그래서 음죽도였다. 대나무(竹)가 수많은 소리를 내며 운다고(吟), 사람들은 섬을 음죽도라고 불렀다. 귀양 온 선비들이 차마 대놓고 울지 못하여 바람이 많이 부는 날, 대숲에 와서 통곡하고 가는 것이라는 소문도 떠돌았다.

이 숲을 지날 때마다 두이는 아버지를 생각했다.

아버지도 여기에 와서 통곡했을까. 얼마나 울었을까? 문득 스치는 생각 때문에 두이는 앞서 걸어가는 아버지의 뒷모습을 한참 쳐다보았다. 언제 선비였던 적이 있었나 싶을 만큼 억세 보이는 아버지가 정말 울었을까 생각하니 잘 상상이 되지 않았다.

그런데 하필이면 그때, 아버지가 뒤를 돌아보았다. 그 바람에 두이는 얼른 생각의 줄기를 끊어 내고 아버지를 마주 보았다.

아버지가 입을 열었다. 대나무 울음소리 때문인지 목소리가 아까보다 높았다.

"난 네가 뭘 해도 좋다만, 뭍에서 일어나는 일이라곤 서로 헐뜯고 할퀴고 싸우는 일뿐이라…… 흐음! 내가 그걸 누누이 말했

는데도 어찌 너의 어머니는 한사코 너를 뭍으로 보내려 하는지
모르겠구나. 그냥 한두 번 구경이나 하고 오면 모를까……"

"……"

두이는 이번에도 대꾸하지 못했다. 솔직히 말하자면 지금처
럼 아버지와 함께 산과 들을 오르내리고 남쪽 바다에 지천인 무
인도를 누비는 일도 즐거웠다. 그러면서 알게 된 약초가 수십,
아니 족히 백 가지는 넘을 것이고 지금도 그것을 알아 나가는
일이 재밌기만 했다. 어디 그뿐인가. 잡초라 여기던 풀을 찧어
바르면 상처가 아물고, 말려서 달여 마시면 속병이 나았다. 어떤
풀은 시름시름 앓던 염소도 일으켜 세웠다. 신기한 일이었다.

하지만 엄마는 늘 탐탁지 않게 여겼다. "너는 어떻게든 뭍으
로 나가야 한다"라고 말했다. 하찮은 약초꾼이 되도록 내버려
둘 수는 없다는 거였다. 딱 한 번 엄마에게 "외할아버지도 약초
꾼이었잖아요"라고 대든 적이 있었는데, 그때 엄마는 그 어느
때보다 눈에 핏발을 세웠다.

"그래서 더 안 된다는 것이야!"

엄마의 눈에서 파란 불꽃이라도 일어나는 것 같아서 두이는
그게 무슨 말이냐고 되묻지 못했다.

물론 엄마의 말대로 뭍에 나가 보고 싶은 마음도 있었다. 주

위에서 가장 큰 섬인 진도 역시 아무리 음죽도의 열 배가 넘는 다 해도 뭍은 아니었다. 아버지가 태어나고 자랐다는 한양도 궁 금했다. 고래 등 같은 기와집들이 줄줄이 늘어서 있고, 비단옷 을 입은 양반님들이 거리에 득실하다지 않은가. 깎은서방님처 럼 말쑥한 도령들도 흔하고, 알록달록 고운 치마저고리를 입고 지나는 낭자들도 얼마든지 볼 수 있으며, 싸전이 있고 포목점과 푸줏간, 책방과 약방이 늘어선 저잣거리까지, 그 모든 것이 궁금 했다.

그럴 때마다 가슴이 두근거렸다. 게다가 그런 곳에서 벼슬을 한다면 얼마나 멋진 일일까. 그래서 가끔은 아버지에게 한양은 어떤 곳이냐고 묻곤 했다. 아버지는 그때마다 그저 '몹쓸 곳'이 라고만 했다.

하아.

문득 두이는 눈살을 찌푸렸다.

'뭐지? 어느 쪽에 장단을 맞춰야 하는 거야?'

갑자기 그런 생각이 들었다. 그러다가 또 한편으로는 약초도 캐고, 공부도 해서 한양도 가고 그러면 얼마나 좋을까…….

그때였다. 생각을 더 늘어놓을 사이도 없이 거친 굉음이 하늘 을 찢었다. 머릿속을 가득 메웠던 모든 것들이 일시에 먼지처럼 흩어졌다.

땅! 따땅! 따아앙!

세 번, 일정한 간격을 두고 그 소리는 맑고 파란 하늘을 뒤흔들더니 숲 이편저편에 오래도록 메아리를 만들었다. 사방 풀숲에서 짐승들이 요동을 치며 뛰었고, 대숲 뒤편의 더 높은 나무 꼭대기 여기저기서 날짐승들이 날아올랐다. 거대한 괴물이 숲을 한 손에 쥐고 흔드는 느낌이었다. 그와 함께 머리끝에서 시작된 무섬증이 등줄기를 타고 종아리까지 서늘하게 흘러내렸다.

아버지는 걸음을 멈추었고 두이는 바짝 얼어붙은 채 반사적으로 하늘을 쳐다보았다. 처음 듣는 소리였다. 천둥소리인가 싶었지만 그것과 달랐다. 더구나 대숲 사이로 보이는 하늘은 짙푸른 바다 빛깔처럼 파랗기만 했다.

휘이이잉!

잠시 움직임을 멈춘 사이에 또 바람이 불었다. 그러자 숲이 울었다.

우으으으읍!

이번에는 한낮인데도 통곡 소리처럼 들렸다. 그 탓인지 머리칼이 쭈뼛 섰다. 몸을 떨며 두이는 아버지를 쳐다보았다. 낯빛이 몹시 어두웠다. 아버지는 종일 햇볕 아래에서 헤맨 탓에 붉게 그은 이마를 잔뜩 찌푸렸다.

"총포다!"

무언가를 생각하듯 고개를 갸웃거리던 아버지가 문득 외쳤다. 그러고는 이내 내달리기 시작했다.

"아버지!"

두이도 아버지의 뒤를 따랐다. 그러느라 망태기에 잔뜩 담겨 있던 약초들이 몇 번이나 뭉텅이씩 떨어졌지만 아랑곳하지 않았다. 아버지는 곧 내음죽도 포구 쪽으로 가는 길을 버리고 짚신바위 쪽 언덕으로 달려 올라갔다.

해신당이 있는 곳이었다. 마을 사람들이 출어기 때마다 용왕신에게 제사를 올리는 곳이었다. 허름한 신당은 보통 때는 그저 을씨년스럽기만 했다. 다만 그곳에서는 내음죽도의 포구와 그 앞에 펼쳐진 바다가 한눈에 보였다. 얼핏 외음죽도의 끝자락까지 눈에 들어왔다.

두이는 아버지의 뒤를 무작정 따르는 수밖에 없었다.

아버지는 누각처럼 지어진 해신당 건물 옆을 돌아 더 올라갔다. 그리고 짚신을 엎어 놓은 듯한 모양의 바위 앞에 이르자 먼바다를 내다보았다. 두이는 옆에서 아버지가 바라보고 있는 바다 쪽으로 시선을 던졌다. 내음죽도 포구와 그 앞의 너른 바다가 한눈에 들어왔다.

아니 그보다 먼저 배가 보였다. 아주 커다란 배였다. 조금 전의 천둥 같은 소리도 처음이었듯 그토록 큰 배도 처음이었다. 얼핏 보아도 커다란 돛의 개수만 대여섯 개가 넘었다. 이틀에 한 번, 돛대 두 개를 달고 진도와 음죽도를 오가는 배보다 열 배쯤은 더 커 보였다. 어쩌면 그 이상일지도 몰랐다. 아주 가끔 진도에서 음죽도를 휘돌아 가곤 하는 군선(軍船)보다도 훨씬 컸다.

"저게 뭐죠?"

배란 것을 알면서도 물었다. 하지만 아버지는 대답하지 않고 빠르게 돌아섰다. 그리고 다시 내음죽도 포구 쪽으로 내달리기 시작했다.

숨이 턱까지 차오를 무렵, 내음죽도 포구에 다다랐다.

포구는 어수선했다. 여기저기 사람들이 모여 나와 웅성거렸다. 모두 선착장 아래쪽을 바라보고 있었다. 그러면서도 다가가지는 않은 채, 누구는 그쪽으로 손가락질을 해 댔고, 누구는 고개를 연신 가로저었다. 제집 돌담 너머에서 목만 내밀고 훔쳐보듯 하는 사람도 여럿이었다. 아버지가 한 무리의 사람들 틈을 파고들었다.

"무슨 일이오?"

"청나라 사람들이 나타났어요."

늘어선 사람들 사이에서 대답이 나왔다. 말승냥이 같은 사내가 들창코를 씰룩거렸다. 두이는 조금 전, 짚신바위 아래에서 보았던 그 큰 배가 청나라 배라는 것을 알아차렸다. 두이는 침을 꿀꺽 삼키며 귀를 쫑긋 세웠다.

"청나라 사람들이 포구에 내렸단 말이오?"

"내리지는 않고 대여섯이 저기 저 큰 배에서 쪼만한 배를 타고 와서 선착장 앞에서 총포를 쏴 댔답니다. 어휴! 아직도 가슴이 벌렁벌렁하는구먼요."

"양인 본 적 있소? 말로만 듣던 양인도 있었소. 아주 허여멀건 게 꼭 귀신같이…… 꿈에 나올까 무섭소."

아버지의 질문에 들창코 사내가 대답했고 그 옆의 땅딸보 사내가 덧붙이며 거들었다. 그러자 앞뒤의 아낙네 둘이 얼굴을 잔뜩 찌푸리며 온몸을 떨었다. 아낙의 치마를 붙잡고 있던 일고여덟 살쯤 되는 여자아이가 엄마의 치맛자락을 꼭 붙잡았다. 두이는 자신도 모르게 몸을 움츠렸다.

"양인이라니? 그게 무슨 말이오?"

"양인 몰라요? 머리는 노랗고 눈은 파래가지고 도깨비가 따로 없다니까!"

"아이고, 징그러워라. 이게 무슨 징조래. 올해는 태풍이 오려나, 가뭄이 들려나!"

아버지는 선착장 쪽과 들창코 사내를 번갈아 보며 말했다. 연이어 들창코 사내와 눈매가 아래쪽으로 쪽 찢어진 아낙이 중얼거리듯 대꾸했다.

"그럼, 저 선착장에는 누가 나가 있소?"

"누구긴? 향리* 어르신과 채 선주(船主)**가 따라 나갔쥬. 병졸들 몇 데리고. 근데 말이 통할라나 몰라. 뭐라 빽빽 소리를 지르는데 뭔 말인지 알아듣질 못한대요. 이러다 정말 뭔 일 생기는 건 아닌지 원……."

섬에서 제일 높은 관리와 마을에서 배를 제일 많이 부리는 선주 어른이 움직였다는 건 보통 일이 아니었다. 그때 들창코 사내의 말을 듣다 말고 아버지가 문득 망태기를 두이에게 건넸다.

"여기에서 기다리거라."

그 말 한마디를 남기고 아버지는 사람들 틈을 헤치고 포구 쪽

---

*   조선 시대에 지방 행정을 돌보던 직급 낮은 관리.

**   배의 주인.

으로 나섰다.

"어쩌려고 그러오?"

"아버지!"

사내가 소리쳤고 두이도 목소리를 높였다. 그러자마자 아버지는 힐끔 돌아보더니 고개를 끄덕였다. '괜찮아'라고 말하는 듯했다. 곧 아버지는 선착장 초입을 막아선 병졸들을 지나 저편으로 더 나아갔다.

도대체 무슨 일이 생긴 걸까.

두이는 몰려선 사람들 너머로 자꾸만 선착장 쪽을 내려다보았다. 하지만 거리가 꽤 되는 터라 몰려선 무리의 사람들이 꼬물거리는 모습밖에는 보이지 않았다.

그즈음, 무언가가 두이의 어깨를 쓱 덮어 왔다. '헉' 소리를 내며 뒤를 돌아보았다. 수달이었다. 원래 이름은 수돌이었지만 수달처럼 헤엄을 잘 쳤고, 낚시며 자맥질까지 물에서 하는 건 뭐든 잘해서 어른들까지 그렇게 불렀다.

"총포 소리 들었어? 호랑이도 한 번에 쓰러뜨린대. 청나라 사람이랑 양인들이 이쪽에 대고 쐈다는데 아직 무슨 일인지 모르겠어. 어떤 사람들은 난리가 나는 거 아니냐며 숨기도 했어."

수달이는 오종종한 얼굴을 들이밀며 말했다. 두이는 수달을 그저 쳐다보기만 했다. 그러다가 자신도 모르게 중얼거렸다.

"총포……."

가슴이 방망이질을 했다. 아버지가 달려간 선착장을 바라보면서 두이는 자꾸만 침을 삼켰다. 노란 머리칼에 파란 눈을 했다는 양인이 머릿속에 그려졌다. 그러자 다시 등골이 서늘해졌다. 옆에서 대나무로 만든 낚싯대를 들고 선 수달이 여전히 무슨 말인가를 나불댔다. 그러나 그 목소리는 귓속에 잘 들어오지 않았다. 마치 이명(耳鳴)이 울리고 있는 것 같은 느낌뿐이었다.

밤길

행여 총포가 하늘의 파란 심장이라도 쏜 것일까. 서쪽 하늘이 붉디붉었다. 구름 뒤편에서 무슨 일이 벌어졌는지, 시간이 지날수록 노을은 점점 짙어지기만 했다. 섬에서는 종종 볼 수 있는 광경이었지만 오늘따라 생경했다. 아까 대숲에서 들었던 바람의 울음소리가 생각나 몸이 자꾸만 떨렸다.

포구 여기저기 모여 있는 사람들의 얼굴도 발갛게 달아올랐다. 한 식경*이 지나자 아낙네들은 아이들의 손목을 이끌고 한둘씩 사라졌다. 하지만 또 그만큼의 시간이 지난 뒤에도 선착장

---

* 밥을 먹을 동안이라는 뜻으로, 잠깐 동안을 이르는 말.

저편으로 간 아버지는 돌아오지 않았다.

아직도 꽤 많은 사람이 여기저기서, 놀라고 두려운 눈초리로 선착장 쪽을 힐끗거렸다. 가끔씩 그쪽에서 무슨 소리가 들려올라치면 한껏 고개를 내밀고 바라보곤 했다. 두이도 마찬가지였다.

침을 꼴깍꼴깍 삼키고 기어이 목이 바싹 타들어 갈 때쯤 엄마가 나타났다. 검정 치마에 이마까지 흙이 묻어 있었다. 머리카락마저 어수선하게 흐트러진 것으로 보아 급히 달려온 모양이었다. 엄마의 얼굴은 검붉었지만 상기된 표정이었다.

"네 아버지는……?"

두이는 무어라 말을 못 하고 선착장 쪽을 가리켰다. 그러자마자 엄마는 그편으로 서너 걸음 내디뎠다. 두이는 얼른 엄마의 팔목을 잡았다. 그제야 엄마도 저 앞에 병졸들이 늘어선 모양을 본 듯 멈추었다.

"또 어쩌자고 섬사람들 일에 먼저 나섰단 말이야, 응? 벼슬아치도 아닌 양반이 무슨 오지랖으로 시시콜콜 참견이시냐고? 대체 이번에는 무슨 일이라더냐?"

엄마의 입에서 나온 말은 걱정보다 원망의 투가 역력했다. 남들이 듣든 말든 역정을 내듯 말했고, 그러다가 두이에게 물었다.

하지만 두이는 무어라고 대답하기 어려워서 머뭇거리기만 했다. 그러자 까칠한 목소리가 이번에는 두이를 향해 날아왔다.

"그래, 너는 무얼 했어? 네 아버지를 말리지도 못했단 말이야? 아니, 그보다 너는 어찌 또 아버지를 따라나선 것이냐? 들어앉아 책을 보라고 하지 않았어? 왜 그리도 어미 말을 듣지 않는 게야? 너는 이 섬에 남아 있을 아이가 아니라고 몇 번을 말했어?"

아버지에게 어쩌지 못하니 엉뚱한 데로 화살을 돌리는가 싶은 생각도 들었다. 주위에서 서성대던 몇 사람이 힐끗거렸지만 엄마는 아랑곳하지 않았다. 도리어 두이만 얼굴을 붉힌 채 고개를 숙이고 말았다.

그러자 멋쩍었던지 엄마는 한숨을 내쉬고 입을 닫았다. 방금 전과는 달리 그저 혼잣말처럼 한마디 했을 뿐이었다.

"그럴 거면 다시 한양으로 올라가 벼슬을 하시든가……."

엄마의 말이 과하다 싶었지만 어찌 할 수가 없었다. 두이는 다만 입술을 깨물었다. 엄마도 말리지 못하는 아버지를 어찌 말린단 말인가.

아버지는 비가 많이 와서 남의 논에 물이 넘쳐도, 태풍에 선착장이 휩쓸려 갔을 때도 먼저 나서는 사람이었다. 무엇보다 섬

사람 중 누가 아프기라도 하면 벼랑을 오르내리며 어렵게 구한 약초도 먼저 내놓았다. 그러다 보니 외음죽도 사람들은 아픈 데라도 있으면 내음죽도의 의원을 찾지 않고 아버지를 먼저 찾곤 했다.

그때마다 엄마는 "내음죽도에 멀쩡한 의원이 있는데 왜 의원 행세를 하세요? 약초꾼이면 약초꾼답게 그걸로 한 푼이라도 더 벌어서 두이가 한양 갈 때 보태야 할 것 아니에요?"라면서 나무랐다. '의원 행세'라든가, '약초꾼'이라든가 하는 말이 틀림없이 심술궂게 들렸을 텐데도 아버지는 꿈쩍도 하지 않았다. 도리어 아버지는 별다른 대꾸를 하지 않음으로써 엄마의 입을 막곤 했다.

오래지 않아 해가 완전히 수평선 아래로 내려갔다. 그런 뒤에도 하늘에는 여전히 붉은 기운이 남아 있었고 그러고도 한참이나 더 시간이 지난 뒤에야 어둠이 덮이기 시작했다. 그즈음 기다렸다는 듯 찬바람이 훅 불어왔다.

길목을 막고 있던 병졸들이 나서서 곳곳에 화톳불을 피웠다.

아버지는 그 화톳불이 어느새 캄캄해진 하늘을 향해 새빨간 혀를 날름거리기 시작할 즈음 모습을 나타냈다. 향리 어른과 채선주 그리고 또 다른 어른 몇이 그 뒤를 따랐다. 그러자마자 여기저기 흩어져 있던 사람들이 일시에 모여들었다. 엄마가 가장 빨랐다. 두이 역시 엄마에게 손목을 붙잡혀 사람들과 함께 앞으로 나아갔다.

그것을 보자 향리 어른이 사람들 앞에 섰다. 그 오른쪽 옆에 아버지가 살짝 상기된 표정으로 서 있었다. 달려가던 엄마는 잠시 멈칫했다.

모여든 사람을 의식한 듯 향리 어른이 말했다.

"자자, 이제 그만 집으로들 돌아가시오. 알고 보니 그리 큰일이 아니었소. 저 바다에 떠 있는 큰 배는 왜나라로 물건을 팔러 가는 청나라 배인데, 뱃사람들이 뭘 잘못 먹고 토사곽란*을 일으키고 난리도 아니었던 모양이오. 배꾼 여럿이 몸져누웠다고 하더이다. 선장을 비롯해서 고뿔에 걸린 자들도 좀 있고. 그 때문에 우리에게 도움을 청하러 온 것이니 걱정할 것 없소. 어서 집으로 돌아가시오."

"어르신, 저 사람들이 대체 무슨 도움을 청한단 말입니까? 그럼 총포는 왜 쏘아 댔고요?"

"양인도 있었다면서요?"

---

*   위로는 토하고 아래로는 설사하면서 배가 아픈 병.

"우리 섬에 내리는 건 아니겠지요?"

향리 어른의 말이 끝나자마자 사람들이 웅성거리며 질문을 쏟아 냈다.

"물과 음식을 좀 달라는 것이라네. 그리고 의원을 보내 며칠만 환자를 돌봐 주면 될 터이니 염려하지 않아도 될 걸세."

"총포는요? 이러다 난리라도 나는 것 아닙니까?"

"그건 그저 실수였네. 양인도 우릴 해치려고 온 것이 아니니 겁내지 않아도 될 것이네."

머리가 산발인 사내 하나가 앞으로 불쑥 나서서 묻자, 향리 어른이 대꾸했다. 그제야 사람들 몇이 덩달아 고개를 끄덕였지만 여전히 몇몇은 못 미더운 표정이었다. 누구 하나 먼저 그 자리를 떠날 생각을 하지 않았다. 서로의 눈치만 보면서 서성거렸다. 그걸 알아챘는지 향리 어른이 다시 소리쳤다.

"어서 집으로 돌아가요. 장정들 몇만 남아서 도와주면 되오. 어서!"

그제야 사람들 몇몇이 등을 돌렸다. 때를 기다렸다는 듯 엄마는 재빨리 아버지가 있는 쪽으로 갔다.

"뭘 해요. 돌아가라 하지 않습니까?"

채근하듯 엄마가 말했다. 하지만 아버지는 움직이지 않았다.

"난 남아야겠소. 두이 데리고 얼른 집으로 돌아가시오. 밤길이 어두우니 조심하고."

"무슨 말씀이세요?"

"내가 아니면 청나라 말을 통변*할 사람이 없소. 며칠이면 될 터이니 너무 걱정하지 말아요."

"뭐라고요? 이젠 하다하다 청나라 사람에, 양인까지 돌보시렵니까?"

"그들도 우리와 같은 사람이오. 그게 선비의 도리이자……."

"그런 분이 왜 벼슬은 마다하십니까? 이럴 때 차라리 벼슬을 하셨으면 명분이라도 있을 것 아니에요."

"허허. 목소리를 낮추시오."

아버지가 나무라듯 말했다. 눈치라도 보는 것인지, 주변을 돌아보았다.

"하아……."

엄마는 어처구니없다는 표정을 지었다.

곧 엄마가 더 무어라고 할 사이도 없이 아버지는 향리 어른과 함께 다시 선착장 쪽으로 걸어갔다. 앞뒤에서 횃불을 든 병졸들

---

* 통역한다는 뜻.

이 따라갔다. 곧 불빛만 희미하게 남고 아버지의 등진 모습마저 어둠에 묻혀 버렸다.

더는 별다른 수가 없겠는지 엄마는 깊은 숨을 한 번 몰아쉬고 등을 돌렸다. 그리고 걷기 시작했다. 두이는 재빨리 엄마의 뒤를 쫓았다. 내읍죽도와 외읍죽도를 나누는 노루재에 올라설 때까지 엄마는 아무 말도 하지 않았다.

구름 사이로 달이 따라왔다. 그 덕분에 밤길이 아주 어둡지는 않았다. 가끔 숲속에서 들리는 짐승의 울음소리가 머리칼을 쭈뼛 서게 했다.

물론 그 때문에 걸음이 더딘 건 아니었다. 자꾸만 따라오는 달을 힐끔거리느라 그런 것도 아니었다. '내가 아니면 청나라 말을 통변할 사람이 없다'던 아버지의 말이 생각나서였다.

'아버지가 한양에 있을 때 벼슬을 했다는 건 알고 있었지만 청나라 말까지 한다니?'

두이는 그게 놀라웠다. 아버지는 도대체 어떤 사람이었던 걸까? 한양에서 벼슬을 하다가 누명을 쓰고 읍죽도까지 귀양을 왔으며 누명이 풀린 뒤에도 돌아가지 않고 눌러앉았다가 엄마와 혼인했다는 것 말고 모르는 게 또 있었던가?

두이가 열 살이 되던 해 가을, 뭍에서 손님이 왔다. 비취색이 은은하게 감도는 비단옷을 입은 늙수그레한 남자였다. 하지만 섬사람들과는 달리 가마말쑥하면서도 강파르게 보였다. 마당에서 엄마와 마주 앉아 도토리 껍질을 벗기던 아버지는 그가 사립문을 넘어서자 화들짝 놀라 일어나 한동안 얼음처럼 굳은 듯 서 있었다. 그리고 곧바로 마당에 무릎을 꿇으며 큰절을 올렸다. 이어 두이에게 "무엇 하고 있느냐? 당숙 어른께 인사 드리거라!"라고 말했다. 그 바람에 두이는 엄마와 함께 덩달아 절을 했다.

　그리고 그날 밤 사랑방에서 들려오는 소리를 들었다.

　"……이제 다 접고 한양으로 가세. 세상이 달라졌어. 자네 같은 사람이 필요하다네. 기다리는 사람이 많아. 어찌 반가*의 자손이 중인의 여식을 아내로 들였는가. 돌아가신 자네 아버님께 무슨 못 할 짓이란 말인가…… 당장 떠날 차비를 하게."

　주로 당숙 어른의 목소리였다. 설득을 했고 나무라기도 했다. 아버지의 목소리는 낮고 자주 끊어져서 알아들을 수가 없었다. 두이는 그 뜻을 짚어 내기 어려운 말을 헤아리느라 귀는 쫑긋 세웠지만 모든 말들이 다른 세상의 것만 같았다.

*　양반의 집안을 뜻하는 말.

그걸 본 엄마가 두이를 데리고 밖으로 나섰다. 달도 별빛도 희미한 캄캄한 밤이었다. 이따금 바람이 불 때마다 길가의 대나무가 서걱대며 우는 소리만 들렸다.

엄마는 집에서 멀지 않은 멍석바위까지 걸어가 그 위에 걸터앉았다. 대낮이라면 남녘의 바다와 파도가 희게 부서지는 해안 절벽이 내려다보일 것이었다. 하지만 그 밤에는 아무것도 보이지 않았다. 바다와 하늘을 분간할 수 없었다.

엄마가 입을 열었다.

"…… 어느 해인가, 이 섬에 진도의 병졸들이 다 죽어 가는 사람을 데려왔단다."

엄마의 목소리는 떨렸다. 스산한 바람 때문인지 알 수 없었다. 문득 대나무의 울음을 머금고 있다는 생각마저 들었다. 두이는 저도 모르게 목을 움츠리고 엄마의 목소리에 귀를 기울였다.

"젊은 선비였는데 한양에서 벼슬을 하다가 사소한 오해로 죄인이 되었다더구나. 진도에서 온 병졸들이 그 젊은 선비를 저 아래 갯골로 내려가는 길목에 있는 빈집에 버리듯 던져 놓고 갔지."

그때 엄마가 바다 쪽 어딘가를 가리켰다. 엄마의 빈손은 허공에 머물렀지만 대략 짐작은 되었다. 지금은 해풍과 파도에 기둥

몇 개만 남은 초막이 그 어딘가에 있을 것이었다. 수달과 물고기를 잡다가 비를 피하기 위해 몇 번 그 초막에 들어간 적이 있었다. 두이는 고개를 끄덕였다.

엄마가 숨을 고른 뒤에 말을 이었다.

"그런 일이 아주 드문 일은 아니었단다. 음죽도에는 이따금 귀양을 오는 벼슬아치들이 있었거든. 그래서 마을 사람들도 크게 관심을 두지 않았지. 하긴, 그럴 일도 없었어. 그들은 비록 죄인이지만 섬사람들과는 아주 다른 사람이었거든. 어차피 대부분은 몇 년 지나면 죄가 풀리고, 언제 그랬냐는 듯 다시 뭍으로 돌아가곤 하지. 그런데 하루는 그 윗마을에 살던 홀아비 약초쟁이가 영 꺼림칙하다며 그 집을 엿보았다더구나. 그랬더니 그 젊은 선비가 곧 죽게 생겼더란다. 온몸에 피멍이 들고 어깨는 으스러져 있었다지, 아마. 그래, 그 약초쟁이가 선비를 살렸지. 하나밖에 없는 딸을 데리고 다니며 온갖 약초를 바르게 하고 탕약을 달여 먹였지. 비록 섬마을 약초쟁이였지만 의원 못지않게 약 쓰는 법을 알았고 진도에 약초 팔러 다니며 어깨너머로 침술도 얼추 배웠거든. 웬만한 환자는 얼굴빛만 보고도 어떤 병인지 짚어 낼 줄 알았단다. 그뿐이 아니야. 약초쟁이는 생각도 바른 사람이었어. 마을 사람들은 죄인을 함부로 돌보고 먹였다가는 큰

화를 당할지 모른다고 쉬쉬했는데 약초쟁이는 아무리 죄인이라도 죽어 가는 사람을 어찌 그냥 내버려 두느냐고 했지. 세상어디에도 목숨보다 소중한 건 없다는 게 약초쟁이의 생각이었단다. 그 덕분인지 몰라도 선비는 한 달 보름쯤 지났을 때부터기력을 찾기 시작했지……."

엄마는 그렇게 말해 놓고 어느새 동녘 하늘에 모습을 드러낸은하수를 바라보면서 잠시 입을 닫았다.

곧 엄마는, 몇 해가 지나지 않아 선비는 죄를 벗었지만 뭍으로 돌아가지 않고, 약초쟁이를 쫓아 산과 바다 건너 무인도를헤매며 약초를 캐러 다녔다고 말했다. 그리고 또 한 해가 지나,선비가 짝이 없던 약초쟁이의 딸과 정한수 한 그릇 떠 놓고 혼례를 올렸다는 말도 털어놓았다.

그날 밤은 유난히 길었다. 엄마의 이야기는 한 시진*이 채 안되어 끝이 났지만 두이는 밤새도록 듣고 난 기분이었다. 그때의약초쟁이가 누구이며 그의 딸과 유배 온 선비가 누구인지 잘 알고 있었기 때문인지도 몰랐다.

그리고 또 한마디가 있었다.

* 시간이나 시각. 두 시간을 세는 단위.

"약초쟁이의 딸이 혼례 전날 선비에게 물었단다. 왜 한양으로 돌아가지 않느냐고. 다시 벼슬을 하고 싶지 않느냐고. 선비가 말했단다. 원래 벼슬이란 백성을 위하고자 하는 것이니 지금 내가 약초를 캐내 한 사람이라도 살리면 그게 벼슬이 아니고 무엇이겠느냐고."

그 말을 하면서 엄마는 아까보다 더 몸을 떨었다. 도리어 선들바람은 이야기를 시작할 때보다 잦아들었는데…….

그때의 떨림이 전해지는 것 같아서 두이는 엄마의 손을 꼭 잡았다. 그리고 결국 큰마음을 먹고 물었다.

"아버지가 청나라 말도 하시나요?"

"그러게 말이다."

순간 두이는 발을 헛디뎠다. 그 바람에 넘어질 뻔했고 가까스로 몸의 중심을 잡았다. 엄마의 말이 생각보다 무심했기 때문이었다. 너무나 싱거워서 얼결에 '네?' 하고 되물을 뻔했다. 그러나 두이는 묻지 않기로 했다. 엄마가 전혀 남의 일처럼 대꾸한 건 아버지에게 화가 많이 났기 때문이란 생각이 들어서였다.

그때 엄마가 한마디를 더 했다.

"네 아버지는 마을 사람들을 위해서라면 없던 능력까지 생기나 보구나."

그렇게 말하고 엄마는 허탈하게 웃었다. 그러더니 이내 빨리 걷기 시작했다. 아까와는 달리 바람이 조금 더 거칠어졌다. 그 바람을 타고 바다 내음이 코끝에 짙게 밀려왔다.

역병

하루 이틀이면 될 거라던 아버지는 닷새 만에 집으로 돌아왔다. 기울어 가는 해를 등지고 막 집 안으로 들어선 아버지는 잔뜩 들뜬 모습이었다. 얼핏 보았을 때는 병자의 기색이 완연했다.

"아, 아버지……."

두이는 깜짝 놀라 서안*을 물리치고 벌떡 일어나 얼른 마루에서 내려왔다. 그런데 아버지는 두이를 힐끗 쳐다보더니, 입꼬리만 살짝 올려 보이고는 약초 창고로 쓰는 문간방으로 들어갔다.

* 선비들이 책을 올려놓거나 읽을 때 쓰는 좌식 책상.

거기에는 '약초쟁이'였던 외할아버지가 온갖 약초를 말리고 빻아서 보관해 오던 약장*이 있었다. 얼결에 따라 들어가 보니 아버지는 약장을 뒤져 꼴망태에 잔뜩 담고 있었다.

그리고 나서야 아버지는 앞마당으로 성큼성큼 나가, 우물물을 퍼 올려 한 두레박을 들이켰다. 그때 엄마가 부엌에서 나왔다.

먼저 입을 연 것은 아버지였다.

"저녁은 됐소. 한 사나흘 더 걸릴 게요."

아무 소리 하지 말란 의미로 들렸다. 그 말에 엄마는 미간을 잔뜩 좁혔다. 먼저 뒤통수를 얻어맞은 표정이랄까. 엄마는 잠깐 동안 아무 말도 하지 않고 옷소매로 입가를 쓱쓱 문지르는 아버지를 쳐다보았다. 그리고 아버지가 막 한 걸음을 떼었을 때 마침내 입을 열었다.

"도대체 게서 무슨 일이 있는데 식솔은 거들떠보지도 않고 이리 바쁘게 서두르십니까?"

그 말에 아버지는 밖으로 나가려다가 말고 걸음을 멈췄다.

"생각보다 청나라 배에 환자가 많아요. 처음에는 토사곽란을 일으킨 환자만 있는 줄 알았는데 고뿔 환자도 꽤 있어요. 어찌

---

* 약초를 보관하는 서랍장.

된 일인지 내음죽도 사람 중에도 고뿔 환자가 생겨서 말이오. 그러다 보니 맹 의원 댁에 있는 약초만으로 부족해서 서둘러 온 것이오."

아버지는 살짝 횡설수설하듯 말했다. 엄마와 눈을 맞추지 못하고 서둘러 등을 돌리려고만 했다. 그러다가 미안했는지 듣기만 하고 있던 엄마에게 말꼬리를 달았다.

"하루 이틀이면 청나라 배는 떠날 테니 그때까지만 통변을 하면 될 게요. 너무 걱정하지 말아요."

말이 채 끝나기도 전에 아버지는 빠르게 몸을 돌렸다. 하지만 기다렸다는 듯 엄마가 목소리를 높였다.

"다른 사람 돌보듯 왜 자기 식솔들은 돌보지 않습니까?"

"식솔들이라니요? 부인도 어디 아픈 데가 있는 게요? 아니면 두이……?"

"……!"

아버지가 엄마와 두이를 번갈아 쳐다보았다. 엄마는 대꾸하지 않았고, 아버지가 잠깐 고개를 갸웃거린 뒤, 씩 웃으며 말했다.

"두이도 벌써 열여섯이오. 어지간한 일은 다 저 알아서 할 만큼 똑똑한 아이요. 외할아버지를 닮아 그런지 약초를 보는 눈도 남달라 하나를 가르쳐 주면 열을 알아요."

그 말에 두이는 고개를 숙였다. 아버지에게 칭찬받는 게 부끄러웠다. 하지만 그 말은 엄마를 노엽게 했다. 아버지의 뒷말이 떨어지기 무섭게 엄마가 작정하고 나섰다.

"그런 아이에게 왜 글은 가르치지 않고 한낱 풀이름 따위나 익히게 하십니까? 맘만 먹으면 벌써 논어, 맹자는 물론이고 시경까지 달달 외워야 할 것 아닙니까?"

그 말에 아버지는 당황하는 듯했다. 더는 무어라 말하지 못하고 눈만 껌뻑거렸다. 아버지가 머뭇거리자 엄마가 한마디를 더 했다.

"약초라 하셨습니까? 정 그렇다면 잘 가르쳐 의원이라도 만들어야 할 것 아닙니까? 제 말이 틀렸는지요? 이제부터라도 책 한 줄 더 읽어야 잡과*라도 치를 수 있단 말입니다."

"허허. 이 좁은 섬 구석에서 무슨 잡과씩이나 필요하단 게요? 약초만 잘 가려볼 줄 알아도 가벼운 병자를 돌보는 데는 문제가 없어요."

아버지는 언성은 높이지 않았지만 잘라 말했다. 그 말에 엄마는 아버지를 원망스러운 눈으로 쳐다보았다. 씻고 있던 무청이

---

* 조선 시대에 기술관을 뽑는 과거 시험.

파르르 떨리고 있었다.

"섬이라고요? 결국 두이에게 과거를 보게 할 생각은 조금도 없으신 거라 알아듣겠습니다. 하지만 저는 어떻게든 두이를 물으로 내보낼 거예요. 일전에 다녀가신 두이의 당숙 어른께서 그리 하라 하셨습니다."

엄마의 말에 아버지는 마른 입술에 침만 묻혔다. 무어라 대꾸하려는 듯했지만 마땅한 말이 떠오르지 않는 모양이었다. 그 틈을 타서 엄마가 내처 말했다.

"어서 가 보세요. 기다리는 사람들이 많을 것 아닙니까? 두이는 내가 알아서 할 테니……."

그리고 엄마는 부엌으로 들어가서 아버지가 사립문을 나설 때까지 나오지 않았다. 아버지는 사립문 앞에서 이쪽을 한 번 돌아보았다. 두이와 눈이 마주치자 두어 번 고개를 끄덕였다.

곧 해가 지고 마당에 이어 집 안 곳곳에 빠르게 땅거미가 내렸다. 사방이 고요했다. 이따금 멀리서 새소리가 들렸고 바람결에 풀잎이 서걱이는 소리만 들렸다.

엄마는 꽤 시간이 지난 뒤에야 방으로 들어왔다. 그리고 서안을 앞에 두고 앉은 두이를 향해 말했다.

"내일부터는 더 일찍 일어나 책을 읽거라. 땔감은 나흘에 한

번씩만 하고 이제 어미의 밭일은 돕지 않아도 돼. 넌 책 보는 데
만 마음을 쓰거라."

엄마의 목소리는 낮고 무거웠다. 그 말 외에는 더 하지 않았다.

그리고 엄마는 바느질거리를 가져와 두이 앞에 앉았다. 엄마
의 낮은 숨소리만 들렸다. 그 사이사이로 두이가 책장을 넘기는
소리가 끼어들었다.

아버지는 또 약속을 지키지 않았다. 이틀이 지나고 또 하루가
지났지만 아버지는 돌아오지 않았다.

엄마는 그 밤마다 툇마루에 앉아 오래도록 달빛 바라기를 했
다. 두이가 기척을 하면, 공연히 "비가 좀 와야 하는데……"라거
나, "배고프지는 않니?" 하면서 딴청을 했다. 그런 엄마의 모습
이 괜히 안쓰러웠던 건 엄마의 달빛 바라기가 그 달이 서녘으로
기울던 새벽녘까지 끝나지 않았기 때문이었다.

그 탓에 두이도 덩달아 늦게 잠이 들었고, 밤마다 꿈자리도 뒤
숭숭했다. 꿈속에서도 엄마의 뒷모습만 보였다. 아무리 불러도 엄
마는 대답하지 않았다. 소리를 질러도 뒤돌아보지 않았다. 그러다
가 제풀에 지쳐서 두이 역시 돌아섰고, 거의 동시에 잠에서 깼다.

그게 벌써 사흘째였다.

"두이야, 일어났느냐?"

두이는 정신이 맑지 않아서 얼른 대답하지 못했다. 그러자 잠깐 사이, 엄마가 재촉하듯 방문 바깥에서 다시 물었다.

"어서 일어나야지 무얼 하고 있어?"

그 바람에 고개를 돌렸고 방문 앞에 엄마의 그림자가 바짝 다가선 게 보였다. 그제야 두이는 대꾸했다.

"일어났어요."

"그럼, 됐다. 어서 책을 읽거라."

말을 되받는 목소리가 들려왔고 엄마의 그림자는 문에서 곧 멀어졌다. 그리고 잠시 후, 부엌 쪽에서 달그락거리는 소리가 들렸다. 혹시라도 그새 아버지가 돌아왔는지 묻고 싶었지만 그만두었다.

두이는 일어나 앉았다. 그리고 반사적으로 서안을 끌어당겼다. 책장부터 펼쳐 놓고, 머리맡에 벗어 놓았던 저고리를 걸쳐 입었다. 그런 다음, 다시 방문 쪽을 쳐다보았다.

문가에 파란빛이 연하게 남아 있는 것으로 보아, 이제 겨우 묘시*를 지난 듯했다.

---

* 오전 5시~7시.

"후우!"

두이는 스스로 힘겹기도 했지만 엄마가 거의 잠을 자지 못했을 거라는 생각 때문에도 한숨이 절로 나왔다.

곧 두이는 주먹을 꾹 쥐었다가 펴 놓은 책으로 눈을 돌렸다. 얼결에 책 몇 줄을 눈으로 훑어 내렸다.

"위인모이불충호 여붕우교이불신호 전불습호(爲人謀而不忠乎 與朋友交而不信乎 傳不習乎)라. 이는 '남을 위해 일하면서 정성을 다하였는가, 벗들과 함께 사귀면서 신의를 다하였는가' 하는 말로⋯⋯."

그러고 그만이었다. 더 이상 글자가 눈에 들어오지 않았다.

머릿속은 온통 이런저런 생각들로 뒤죽박죽이었다. 밤새 달빛 바라기를 하던 엄마의 뒷모습이 눈앞에 어른거렸고, 물 한 바가지로 겨우 목만 축이고는 집을 나가던 아버지의 처진 어깨도 생생하게 기억났다. 그러자 잠시 후에는 생각이 아버지 쪽으로 더 기울었다. 아버지는 지금 무얼 하고 계실까, 하는 걱정에 이르렀다.

'가만, 청나라 사람들이 탄 배라고 했지? 눈이 시퍼런 양인들까지 타고 있댔지? 그나저나 아버지는 어떻게 청나라 말까지 알아들을 수 있단 걸까?'

그것은 여전히 의문이었고 자신도 모르게 고개가 갸웃거려졌다.

'그래, 아무리 양반이고 벼슬을 했다고, 모두가 다 청나라 말을 할 수 있는 건 아니지 않을까?'

자꾸만 생각이 깊어지다가 문득 '정말 아버지는 왜 돌아가지 않은 걸까? 한양에서 벼슬까지 한 아버지를 이런 곳에 눌러앉게 한 이유는 또 무얼까?', 이전까지는 그냥 그러려니 하던 일들이 자꾸만 머릿속에서 벌레처럼 꼼지락댔다. 나중에는 '내가 뭍으로 나간다고 할 일이 있을까? 내가……. 엄마는 왜 한사코 나를 뭍으로 보내려는 걸까.' 그런 생각도 오락가락했다.

두이는 고개를 도리도리 젓고는 서안에 아예 엎드렸다. 그러자 잠시나마 달아났던 잠이 몰려왔다.

'자는 거 아니야!'

속으로 자신을 타일렀지만 그렇다고 눈을 뜨지는 않았다. 며칠 동안 꼼짝하지 않고 서안 앞에만 앉아 있는 것도 쉬운 일은 아니었다.

결국 두이는 선잠이 들고 말았다. 그리고 그 꿈속에서 바다 위를 헤맸다.

……파랗던 하늘은 어느새 먹구름으로 뒤덮였다. 그러는가

싶었는데 거센 바람이 몰아쳤다. 뺨을 때리는 바람 끝이 아주 매서웠다. 태풍이다! 두이는 자신도 모르게 소리쳤다. 얼른 음죽도로 돌아가기 위해 발버둥쳤다. 그러나 팔이 빠지도록 쉬지 않고 노를 저었지만 이미 때를 놓친 듯했다. 쪽배는 거센 바람과 높아진 파도에 대책 없이 흔들렸다. 바람이 부는 대로 배는 이리저리 휩쓸려서 도무지 중심을 잡을 수가 없었다.

아버지!

두이는 소리쳐 아버지를 불렀다. 그런데 정작 소리친 뒤에 보니, 옆에 있어야 할 아버지가 보이지 않았다. 설마 물에 빠지기라도 한 걸까. 사방을 돌아보았지만 온통 거친 파도뿐이었다. 심지어 음죽도의 형체도, 조금 전 빠져나온 나비섬의 그림자도 보이지 않았다.

안 돼! 무의식적으로 외쳤지만 목소리는 나오지 않았다. 그런데 그때, 똑같은 목소리가 바깥에서 들려왔다.

"안 돼요!"

엄마의 목소리임을 단번에 알아차린 순간, 두이는 눈을 떴다. 그리고 바로 앉았다. 침에 젖은 책을 얼른 닦아 냈다. 그 바람에 책의 한쪽이 먹으로 시커멓게 번해 버렸다. 문지를수록 더 까매졌다. 그때 엄마의 목소리가 한 번 더 들렸다.

"그런 이유라면 더더욱 안 돼요."

목소리가 높지는 않았으나 또렷하게 들렸다. 뒤미처 아버지의 목소리까지 들렸다. 틀림없이 꿈이 아니었다. 얼결에 고개를 돌렸다. 잿빛이었던 방문에 볕이 들이비치고 있었다. 꽤 오랜 시간 잠이 든 모양이었다. 두이는 아차 싶어서 마른세수를 하고 서안을 끌어당겼다.

그때 아버지의 목소리가 다시 귓가에 흘러들었다.

"별일 없을 것이라는데 왜 안 된다는 게요?"

"그걸 지금 몰라서 물어요?"

두이는 서안을 물리고 방문 앞으로 다가갔다. 그리고 조심스레 반 뼘쯤 문을 열었다. 문간방 앞에 아버지가 엄마와 거리를 두고 서 있었다.

"지금 무어라 하셨어요? 역병이라고 하지 않았습니까."

"소리를 낮추시오. 아직은 확증할 수 없다고 하지 않았소. 하루 이틀만 기다려 보면 돌아가는 모양새를 확실히 알 수 있을 것이오. 병증이 하도 기이하여 의원께서 이런저런 처방을 내려 보는 중이오. 그래서 내가 급히 약초를 더 가지러 온 것이고."

그 말에 두이는 자신도 모르게 아랫입술을 깨물었다. 역병이라니? 두이는 얼빠진 사람처럼 두 사람의 말을 멍하니 듣기만 했다.

"두창*입니까? 아님 온역**인지요? 기이하다는 건 무슨 말이에요?"

"두창도 온역도 아닌 듯싶소. 겉으로 보면 심한 고뿔인 듯한데, 이런저런 병증을 따져 보면 또 그와는 좀 다른 것 같소."

"어쨌든 역병은 틀림없다는 말이지요? 청나라 배 안의 사람들도 앓아누웠고, 내음죽도 사람들에게도 전염되고 있다면 그게 역병이지 뭣이란 말입니까?"

"설사 역병이라고 해도 아직 내음죽도의 일일 뿐이오. 외음죽도까지는 별일 없을 테니 기다려 보시오. 두이도 당분간 밖에 나다니는 걸 삼가라 이르고."

"그걸 지금 말이라고 하십니까? 당장 섬을 떠날 것입니다. 당신도 더는 내음죽도의 출입을 삼가세요."

"그게 무슨 말이오? 섬을 떠난다니? 지금 제정신으로 하는 말이오? 게다가 날 보고 내음죽도의 출입을 삼가라고 했소? 지금 그렇지 않아도 맹 의원 댁에서 일을 돕던 머슴들마저 하나둘 도망치고 있는 마당에 나라도 가서 도와야 할 것 아니오?"

---

*　천연두.
**　장티푸스와 흡사한 전염병.

"뭐, 뭐라고요? 머슴들까지 달아났다면, 사정이 아주 위중하다는 것인데 어찌 쉬쉬하신 것입니까? 당장이라도……."

그때, 두이는 문의 손잡이를 놓치고 말았다. 그 바람에 문이 활짝 열렸고, 두이는 얼결에 툇마루로 한 발 나섰다. 아버지와 엄마가 문득 이쪽을 쳐다보았고 얼른 입을 닫았다.

"들어가 있거라."

눈길이 마주친 아버지가 말했다. 하는 수 없이 두이는 뒷걸음으로 들어와 문을 닫았다. 하지만 목소리만은 또렷하게 들렸다.

"선비의 도리라는 것이 있는데, 어찌 백성을 버리고 내 식솔만 챙긴단 말이오. 내 식솔이 소중한 만큼 백성도 소중한 것이오."

"선비라니요? 선비가 어디에 있다고 그러십니까? 어찌 이런 행색으로 선비라 하십니까? 책이라도 읽어야 선비라 할 수 있지 않나요?"

"허허. 어찌 그런 말을…… 어쨌든 부인은 행여나 부끄러운 짓 하지 말고 하던 일이나 잘하고 계시오. 설사 역병이라고 해도 잘 관리하면 아무 일 없을 것이니 걱정하지 말고."

엄마가 비꼬듯이 말했는데도 아버지는 역정을 내지 않았다. 도리어 너무나 차분한 아버지의 말에 엄마가 기어코 어깃장을 놓았다.

"아니요. 저는 그리 못 합니다."

"무슨 말이오?"

"오래전에 두창이 마을을 휩쓸었을 때 어머니를 잃었고, 아버지는 눈이 멀었어요. 그런데 이제 자식까지 잃으란 말입니까?"

"부인! 그런 게 아니래도…… 도대체 누구를 잃는다는 말이오? 과장된 말을 함부로 하지 마세요."

"공부를 많이 하셨으니 아시겠지요. 역병은 나라님도 고치지 못합니다. 아니, 역병이 들면 도리어 백성을 내칩니다."

"무슨 소리를 하고 있는 게요?"

"무슨 소리긴요. 그 옛날 역병이 돌았을 때도 벼슬아치들은 백성들은 돌보지 않고, 너나없이 뭍으로 빠져나가고 오로지 힘없는 백성들만 남아서 겨우 목숨을 건졌지요. 그런데 누구를 믿으라고요?"

"부인!"

"각자도생이라는 말도 있지 않습니까? 그러니 당신도 행여 그런 중뿔난 짓 그만두세요."

두이는 침을 꿀꺽 삼켰다. 역병이라는 말도 놀라웠지만 솔직히 지금 더 놀라운 건 엄마의 말투였다. 고분고분한 편은 아니어도 아버지 앞에서 목소리를 높이며 당신의 뜻을 곧이곧대로 풀어놓는 사람은 아니었다. 그런데 엄마의 목소리는 오늘따라 날이 서 있었다. 엄마가 아버지한테 저래도 되나 싶어서 불안하기까지 했다. 세상에! 중뿔난 짓이라니? 그게 엄마의 입에서 나온 말이라는 게 믿기지 않았다. 하지만 아무리 그래도 아버지의 말을 꺾지는 못했다. 결국 아버지는 엄마와 몇 마디 더 주고받다가 부리나케 담 너머로 사라졌다. 그런 뒤에야 정신이 퍼뜩 들었다.

역병이라니!

방 한가운데로 되돌아와 서안 앞에 다시 앉았지만 책이 눈에 들어올 리 없었다. 자신도 모르게 길고 낮은 숨만 여러 번 들이쉬고 내쉬었다. 그런데 얼마쯤 시간이 지났을까?

엄마가 불쑥 뛰어 들어오며 말했다.

"옷 입어, 어서!"

그러더니 엄마는 반닫이*를 열고 옷가지와 버선을 꺼냈다. 보자기를 펼치더니 금세 옷 보따리를 만들었다. 그뿐만 아니라 엄마는 방 한쪽 구석에 펴 놓은 멍석을 들추더니 바닥에 깔아 놓은 엽전 열댓 개를 주워 보따리에 넣었다. 두이가 그저 보고만

* 궤짝 모양으로 된 옛 가구.

있자 엄마는 얼른 부엌으로 나갔다. 잠시 후에 엄마는 삶은 토란을 가져와 삼베 보자기에 따로 싸더니 그것도 옷 보따리 안에 밀어 넣었다.

"뭐 하고 있어? 얼른 나서지 않고……."

엄마는 막 옷을 입은 두이를 재촉했다. 하는 수 없이 두이는 바깥으로 나섰다. 어느새 햇살이 눈부시게 담장을 넘어왔다.

"갑자기 무슨 일이에요?"

"무슨 일이냐니? 역병이 돌고 있다지 않느냐? 지금 당장 배를 타야겠다."

"엄마!"

"역병이 얼마나 무서운지 아느냐? 이번에는 너나 나나 살아남지 못할 것이야. 그러니 어서 서두르거라."

엄마는 그새 사립문을 넘어섰다. 두이는 엄마의 손목에 이끌려 뛰듯 걸었다. 도대체 이게 무슨 일일까 싶었다. 일단 엄마를 따르긴 했지만 귀신에 홀린 기분이었다.

떠나는 배

"오늘은 일찍 자라지 않았어? 어서!"

별수 없이 두이는 자리에 누웠다. 하지만 엄마의 날 선 목소리 때문에 그리고 여전히 머릿속을 떠도는 복잡한 생각 때문에 잠이 오지 않았다. 더구나 한참을 뒤척이다가 문득 눈을 떴을 때, 엄마가 똑같은 자세로 쪼그리고 앉아 있었다. 새까만 형체가 마치 얼어붙은 듯 조금도 움직임이 없었다. 그걸 보자 가슴이 공연히 쿵쾅거리고 그 탓에 잠은 더더욱 달아나 버렸다.

"휴우!"

두이는 낮게 숨을 내쉬었다. 도대체 엄마가 무슨 생각으로 그러는지 알 수가 없었다. 나흘 전, 혼이 나간 듯 두이의 손을 붙잡고 내음죽도 포구로 달려간 뒤로 엄마의 행동은 종잡을 수가 없었다.

물론 그날, 배는 타지 못했다. 진도로 나가는 배가 드나드는 내음죽도의 포구는 목책*으로 가로막혀 있었다. 선착장 근처에는 갈 수도 없었고, 마을 사람들은 고기잡이도 나가지 못한다고 했다. 반나절 동안 포구를 서성거렸지만 소용이 없었다. 목책을 지키는 병졸들에게 짐짓 모른 체하고 무슨 일이냐고 물었지만, 그들은 "향리 어른의 명일 뿐, 우리도 모르는 일이오"라고만 답했다. 그러면서 진도를 오가는 배만이 아니라, 당분간 아무도 배를 타지 못한다며 고개를 홰홰 저었다.

그래도 엄마는 포구 주변을 오래도록 서성거렸다. 그동안 두이는 총소리가 나던 날에 보았던 커다란 청나라 배를 오래도록 쳐다보았다. 한참 만에 더 이상 어쩔 수 없다는 걸 확인한 엄마는 집으로 돌아왔다.

그날부터 오늘 낮까지, 엄마는 두이에게 "꼼짝 말고 공부만 하고 있어!"라는 말을 남기고 어디론가 부지런히 나다녔다.

그동안 수달이 세 번 왔다가 갔다. 처음 왔을 때는 모른 체하

---

* 말뚝을 박아 만든 울타리로, 오늘날의 바리케이드 같은 것.

고 수달을 따라 외음죽도 갯바위로 내달았다. 수달이 대나무를 쪼개 만든 바다 통발을 놓고, 갯바위를 이리저리 옮겨 다니며 낚시를 했다. 수달이 낚싯대로 씨알 굵은 참돔을 잡았고, 때늦은 용치놀래기도 걸려 올라왔다. 두이는 고작 전갱이 두 마리만 건졌다. 그래도 바닷가에서 수달과 노는 일은 언제나 좋았다.

그제는 이른 아침부터 쪼르르 달려와, "내음죽도에 전염병이 나돈다는데 너희 아버지는 괜찮아? 뭐 들은 거 없어? 아버지는 아직 안 오신 거야?"라고 물었고 두이는 모른 체해야 했다. 그래서 수달에게 미안했다. 그리고 어제 아침에는 "소문 들었어? 내음죽도에 전염병이 돈다는 말이 사실인가 봐" 했다. 더하여 "역병이 돌면 사람이고 돼지고 할 것 없이 다 죽어 나간다는데" 하면서 걱정스러운 표정을 짓다가 돌아갔다. 그러더니 해질 무렵에 또 와서 "내음죽도 사람들이 벌써 셋이나 죽었대!"라면서 자기 아버지가 정말인지 알아보기 위해 몰래 내음죽도로 갔다는 소식을 전하고 갔다.

오늘은 아침부터 뒤숭숭했고 그럼에도 역병이 돌고 있다는 게 도무지 실감이 나지 않았다. 하긴 실감이 난다고 해도 무얼 해야 할지 알 수 없기는 마찬가지일 것이었다. 두이는 엄마 말대로 조용히 책상 앞에 앉아 있기만 했다. 물론 그렇다고 글씨가 눈에 들어올 리 없었다. 입은 연신 무어라 쫑알거렸지만 머릿속에는 잡다한 생각들만 떠다녔다.

해질 무렵 돌아온 엄마는 저녁밥도 일찍 해치우고, 초저녁부터 "오늘은 일찍 자거라!" 했다. 난데없는 일이라 그러려니 했는데 두 번이나 더 재촉했다. 그래서 힐끗 쳐다보니, 호롱불에 비친 엄마의 얼굴이 잔뜩 굳어 있었다.

결국 두이는 엄마의 눈치를 보며 자리에 누웠다. 그러자마자 엄마가 호롱불을 껐다. 엄마도 안방으로 돌아가지 않고 윗목 언저리에 눕는 듯했다. 곧 엄마의 낮은 숨소리만 들려왔다.

한참 뒤에 설핏 잠이 들었다. 하지만 꿈자리가 뒤숭숭했다. 아버지가 홀로 배를 타고 어디론가 떠나고, 엄마는 빈집에서 목 놓아 울었다. 그러다가 무슨 비명 소리가 들린 것 같았다. 대숲의 울음이 통곡처럼 들린 것인지도 몰랐다. 하지만 거기서 멈추지 않고 어느 순간에는, 그 숲에서 귀신이 쫓아와 어딘가로 한참 달아나기도 하고…….

공연히 식은땀이 나고 도리어 누워 있는 게 불편했다. 엄마 쪽을 살폈지만 잠이 들었는지 깨어 있는지 알 수 없었다.

그러던 어느 무렵이었다.

"어서 일어나거라, 어서!"

잠결이긴 했지만 엄마의 낮고 조심스러운 목소리가 또렷하게 귓가에 들렸다. 하지만 두이는 얼른 눈이 떠지지 않아 몸을 뒤척이기만 했다. 그러자 엄마가 두이의 몸을 거칠게 흔들어 댔다.

"어서 정신을 차리래도 그러는구나. 어서!"

그제야 눈을 떴다. 엄마는 그예 두이의 어깨를 붙잡아 일으켰다. 그러더니 대뜸 저고리를 어깨에 들씌웠다.

"무슨 일이세요? 아직⋯⋯."

얼결에 돌아본 창은 짙은 잿빛이었다. 밭에 나가기에도 이른 시간이었다. 그 때문에 두이는 잔뜩 얼굴을 찌푸린 채 엄마를 쳐다보기만 했다.

가만히 보니, 엄마는 며칠 전에 그랬던 것처럼 구석에 놓인 반닫이를 열어 옷을 꺼내고, 서책과 벼루와 연적을 집어 보따리를 싸고 있었다. 방문을 열고 나가 엊그제 꼬아 놓은 단총박이*까지 보따리에 넣었다. 도대체 영문을 알 수가 없어서 두이는 엄마의 희끄무레한 뒷모습을 쳐다볼 수밖에 없었다.

"시간이 없어. 어서 섬을 떠나야 한다."

"엄마, 그게 무슨 말씀이세요? 배가 뜨지 않는다고 병졸이 분

* 짚의 속대로 만든 짚신.

명히 말했어요."

"그건 어미가 알아서 할 테니 서두르거라! 시간이 없어."

두이가 되묻고 나서자, 엄마는 재빨리 말을 끊었다. 하지만 두이도 말끝을 붙잡고 물었다.

"아버지는 돌아오셨나요?"

"네 아버지를 지금 어찌 찾아?"

엄마가 날카롭게 반응했다. 대뜸 돌아앉더니 꾸짖듯 말했다. 두이는 더 무어라 대꾸하지 못했다. 일단은 몸을 추스르고 엄마가 걸쳐 준 저고리를 바로 입었다. 그러자마자 엄마는 괴나리봇짐을 앞으로 내밀었다. 꽤 두툼했고, 묵직했다.

"어서 가자. 필요한 게 있으면 더 넣고!"

잠시 고개를 갸웃거리는데 엄마가 단호하게 말했다. 그리고 일어나 방문을 열고 한 걸음 나섰다. 두이는 잠시 머뭇거리다가, 서안 한쪽 옆에 놓아두었던 대나무 통 몇 개를 봇짐 속에 넣었다. 몇몇 가지 약초를 말려 담아 놓은 것이었다. 어디를 다닐 때는 항상 비상용으로 가지고 다니라던 아버지의 말이 생각났다.

두이는 일어나 엄마를 따랐다. 엄마는 사랑방 쪽을 한 번 쳐다본 다음, 조심스럽게 섬돌 아래로 내려섰다. 서둘러 짚신을 신고 걸었다. 제대로 잠을 못 잔 탓일까. 머리가 지끈거리고 다리가 후들거렸다.

"엄마……."

채 열댓 걸음을 걷다가 말고 두이는 입을 열었다. 하지만 무슨 말을 꺼내기도 전에 엄마가 나섰다.

"어서 섬을 떠나야 해. 지금은 목숨이 위태로운 시기이다. 마지막 기회야."

엄마의 말투는 매우 단호했다. '목숨'과 '마지막'이라는 말 때문에 뒷머리가 서늘하게 느껴졌다. 더 머뭇거려서는 안 될 것 같은 기분이 들었다.

짙게 내린 안개가 한 걸음씩 옮길 때마다 발목을 휘감았다. 그래서인지 여전히 걸음은 빠르지 못했다.

엄마는 남의 집 돌담을 지나갈 때는 허리를 숙이고 걸었다. 저편 앞에서 무슨 소리라도 들려오면 얼른 길옆으로 두이를 끌어당겼다. 왜 그러느냐고 물어볼까 하다가 그만두었다. 공연히 꾸중을 자초하는 짓일 것 같아서였다.

다랑논 윗길로 접어들었을 때 이미 집은 안개에 묻혀 형체조차 보이지 않았다. 거기쯤에서 두어 걸음 앞서 걷던 엄마가 재촉했다.

"왜 이리 걸음이 더딘 게야?"

'엄마가 서둘고 계신 거예요'라고 말하려다가 말았다. 왜냐하면 자주 뒤를 돌아보기는 했어도, 엄마의 치맛단을 밟을 만큼 바짝 뒤를 쫓고 있었기 때문이었다.

두이는 대꾸를 하는 대신 엄마에게 물었다.

"안개가 이리도 심한데 배가 뜰까요?"

정말 궁금했다. 일전에도 배를 타지 못했는데 지금이라고 다를 게 없을 것 같았다. 오히려 더 힘들어지지 않았을까.

"네가 걱정할 일이 아니라고 말했지 않니. 빨리 걷기나 해."

엄마는 잘라 말했다. 하지만 두이는 도리어 그 말 때문에 걸음을 멈추었다.

"엄마, 이렇게까지 해야 해요? 이렇게 야반도주하듯 떠나야 하느냐고요?"

"역병이라잖니? 여기서 꼼짝없이 죽을 작정이냐?"

"하지만 아버지께서 기다려 보라고 했잖아요."

엄마가 가지를 쳐내듯 말했음에도 두이는 내키지 않는 마음으로 입을 열었다. 하지만 그러자마자 엄마가 말을 가로챘다.

"네가 역병이 얼마나 무서운지 모르고 하는 소리다. 네가 태어나기도 전에, 두창이 이 섬은 물론 진도까지 휩쓴 적이 있다. 그때 음죽도에서만 서너 집 건너 한 집마다 시체가 나왔다. 그 역병이 네 외할머니를 죽였고 외할아버지의 눈을 앗아 갔어. 그런데 내가 어찌 가만히 있겠니?"

"하지만……."

"그때 네 외할아버지도 섬에 남아 환자를 돌봤지. 그러다가……."

"그럼 외할아버지를 원망하시는 건가요?"

이번에는 두이가 말을 가로챘다.

"그 이야기는 나중에 하자. 지금은…… 게다가 또 하나의 이유가 있다고 했지?"

엄마 역시 두이의 말을 자르고, 도리어 물었다.

"과거 말입니까?"

"그래. 어차피 넌 역병 때문이 아니라도 이 마을에서 떠나야해. 대장부로 태어났으니 과거를 보고 벼슬에 나서야지."

"아니, 논어 한 권도 제대로 읽지 못한 제가 무슨 시험을 치른단 말입니까?"

사실이 그렇지 않은가. 책을 읽는다고 읽었지만, 약초를 캐러 다니고 수달이와 바닷가에서 뛰어놀았던 시간이 더 많았는데, 과거라니? 언감생심이었다.

"차라리 잘되었어. 이곳에 있으면 아버지가 너를 더 가르치려

하겠니? 하루라도 빨리 한양에 당도하면 당숙 어른이 너를 책임지고 가르치겠다고 내게 약조를 하였어."

그 말에 더 이상 엄마에게 무어라 말할 수 없다는 사실을 깨달았다.

그래도 의문은 하나 더 있었다.

"하지만 엄마, 진도로 나가는 배는 오시*에 있어요. 아직 진시**도 되지 않았고요. 게다가 일전에 병졸들이 그러지 않았습니까? 당분간 배는 뜨지 않을 거라고……."

두이는 아까 했던 말을 되풀이했다. 그러자 엄마가 역정을 냈다.

"도대체 궁금한 것이 왜 그리 많은 거야? 넌 그저 따르기만 하면 돼."

결국 두이는 뻘쭘해져서 입을 다물었다. 다행히 더는 무어라 하지 않고 엄마는 바삐 걸었다. 시간에 쫓기는 건지, 두려움에 쫓기는 건지 알 수가 없었다. 다시 입을 닫고 따르는 수밖에 없었다. 무얼 넣었길래 이토록 무거운지 알 수 없는 괴나리봇짐을

---

*   오전 11시~오후 1시.
**   오전 7~9시.

다시 한번 추스르고 잰걸음을 놀렸다.

그런데 엄마의 발걸음이 엉뚱했다. 진도로 나가는 배를 타려면 작은 노루재를 넘어야 하고, 그래야만 내음죽도 가는 길로 들어설 것이었다. 포구가 내음죽도 초입에 있었기 때문이었다. 하지만 왜인지, 엄마는 노루재를 앞에 두고 벼랑길로 나서는 게 아닌가?

"엄마, 이쪽은 포구로 가는 길이 아니에요."

하지만 엄마는 두이의 말에 뒤를 한 번 돌아보고는 고개만 끄덕였다. 말없이 따라오라는 뜻인 모양이었다. 두이는 일단 따르기로 했다.

가파른 언덕을 올랐다. 길옆 서낭당 쪽에서 까마귀 한 마리가 까악 소리를 내며 날아올랐다. 길옆에 늘어선 대나무 이파리가 어느 때보다 푸르게 보였다. 아침 이슬을 잔뜩 머금고 있어서 그런지 몰랐다.

언덕 아래로 내려서자 안개 너머 바다 쪽에서 바람이 훅 불어왔다. 차고 눅눅했다. 그리고 유독 비렸다. 엄마는 그러거나 말거나 부지런히 앞서 걸었다.

엄마는 언덕 꼭대기에 올라 길게 숨을 내쉬고 곧바로 해변으로 가는 가파른 내리막길로 들어섰다. 그즈음부터 파도 소리가 들리기 시작했다. 하지만 두이는 이해할 수 없었다. 섬을 떠나려면 배를 타야 하고, 배를 타려면 포구로 가야 하는데, 엄마는 왜 가파른 절벽과 바위투성이 쪽의 해안으로…….

아.

그때 두이는 기억이 났다. 이쪽으로 가면 군사용으로 쓰는 간이 선착장이 있었다. 평소에는 거의 사용하지 않아서 음죽도 사람들도 잘 알지 못했다. 두이는 아버지와 섬 곳곳을 헤매 다니며 약초를 뜯느라 몇 번 지나친 적이 있었다. 수달이와 도다리를 잡는다고 해안 절벽을 이리저리 헤매 다니다가 보았던 기억도 났다.

'도대체 엄마는 무슨 일을 꾸미시는 걸까…….'

머릿속이 이런저런 생각으로 복잡한데 마침내 갯바위가 보였다. 그리고 그 옆으로 굵은 나무를 박아 세워서 만든 선착장 끝에 커다란 돛을 단 배 그림자가 눈에 띄었다.

그런데 엄마는 정작 거기서 멈추었다. 이어 몸을 낮추고 바위 뒤로 숨었다. 그리고 기다렸다. 그 사이, 배는 조금 더 가까이 선착장 쪽으로 다가왔고 점차 모습이 또렷해졌다. 음죽도와 진도를 오가는 배보다는 작았지만 꽤 규모가 있고 튼튼해 보였다.

얼마쯤의 시간이 지났을까. 배 앞머리에 누군가 나타나는 것 같더니 이어 양팔을 들어 커다란 원을 만들어 보였다. 무슨 신호임에 틀림없었다.

잠시 후, 엄마가 막 일어나 선착장 쪽으로 걸어가기 시작했는데 저편 바위 뒤에서, 그 너머의 숲에서도 사람들이 하나둘씩 나타났다. 마치 약속이라도 한 듯, 사람들은 서로의 눈치를 보면서 선착장을 향해 빠르게 걸었다. 그렇게 모여든 사람들이 스물댓 명이 넘었다. 대부분은 얼굴을 가려서 누가 누구인지를 얼른 알아보기가 힘들었다.

사람들은 줄을 지어 뱃머리 앞에 서 있는 남자에게 일일이 무언가를 건넸다. 한눈에 보아도 엽전 꾸러미거나 금붙이로 보였다. 받걷이*를 하고 있는 남자는 수염이 덥수룩했고 덩치가 꽤 컸다. 회색 두루마기를 반듯하게 차려입었는데 늘삿갓** 안으로 보이는 눈초리가 매서웠다.

이윽고 사람들 대부분이 배에 오르고 두이 차례가 되었다. 엄마도 품속에서 무언가를 꺼내 남자에게 건넸다. 그러자 남자가 고개를 끄덕였다. 그걸 보더니 엄마가 돌아서서 두이에게 말

*　여기저기에서 받을 돈이나 물건을 거두어들이는 일.
**　부들로 만든 삿갓.

했다.

"내 말 잘 듣거라. 무사히 진도에 이르거든 거기서 하루를 묵고 곧바로 목포로 가는 배를 타야 한다. 그리고 게서 용산진으로 가는 배를 타! 정신 똑바로 차려야 한다. 알겠지?"

"엄마……?"

"네 괴나리봇짐을 열면 파란색, 빨간색 비단 주머니가 있을 것이야. 파란 주머니 안에는 네가 한양까지 가는 동안에 쓸 여비가 들어 있고, 빨간 주머니 안의 것은 당숙 어르신을 만나면 드리거라. 함자가 조인지라 한다. 작년 가을에 오셨을 때, 너를 똑똑히 보셨으니 네 얼굴을 기억할 게야. 혹시 잊을까 봐 그 안에 그 댁의 약도를 그려 넣었다. 일전에 당숙 어른이 오셨을 때, 그려 준 것이니 틀림없을 거야. 알았지?"

두이는 고개를 끄덕였다. 그러자마자 엄마가 두이의 어깨를 떠밀었다. 하는 수 없이 두이는 몸을 돌렸다. 그때 엄마가 한마디를 더 했다.

"과거에 합격하기 전에는 돌아올 생각하지 말거라! 설사 이 엄마가 죽었다는 소식이 들리더라도 말야. 알겠지?"

엄마의 말이 섬뜩했다. 그래서 막 돌아서려는데 끝말 때문에 차마 돌아볼 수가 없었다.

두이는 돌아보고 싶은 마음을 억누르고 배를 향해 나아갔다. 발걸음이 무거웠다. 두이는 억지로 배 위에 올랐다. 그런 다음에야 겨우 돌아보았다. 엄마가 그림처럼 서 있었고 그 뒤로 자오록한 안개가 섬을 뿌옇게 덮고 있었다.

기억의 섬

배가 선착장을 떠나자 엄마의 모습은 곧 해무에 파묻혀 버렸다. 하지만 그럼에도 불구하고 두이는 엄마가 서 있던 자리에서 여전히 눈을 뗄 수가 없었다. 그 자리에 허깨비로 남은 엄마가 돌아올 생각하지 말라는 말을 하염없이 반복했기 때문이었다. 그게 무슨 뜻으로 한 말이냐고 두이는 자꾸만 물었지만 엄마는 대답이 없었다.

그래서 속이 울렁거리는지도 몰랐다. 곧바로 울음이 터져 버릴 것 같은데, 그래서는 안 될 것 같아 여러 번 참았다. 그리고 자신을 다독였다.

'이미 배는 떠났잖아. 어쩌라고⋯⋯.'

그리고 두이는 갑판 한쪽 구석에 쪼그리고 앉아 눈을 감았다. 아무런 생각도 하지 않으려 애썼다. 차라리 배 안에 탄 사람들이 두런거리는 소리에 귀를 기울이는 게 나을 듯했다.

"아니, 섬에 역병이 돌면 의원부터 보내야지 진도 현감*은 뭘 하는 거야?"

"벼슬아치란 것들이 이럴 때는 제 한 몸만 챙기려 드는 게지."

"하긴 조선 땅의 벼슬아치들에게 뭘 바라겠소. 정조 대왕께서 승하하신 뒤에는 왕비가 제 일가들만 불러다가 세도 정치를 한 답디다."

"쉬이! 함부로 그런 말 하지 말게나."

그런데 그 말들 속에 아버지의 목소리가 슬쩍 끼어들었다.

'벼슬이란 바른 마음으로 백성들을 돌보는 것인데 지금 벼슬아치들은 그저 제 곳간이나 불리려고 혈안이 돼서 서로 헐뜯고 고작 벼슬자리나 높이자고 죄 없는 사람까지 죄를 만들질 않나, 능력도 인품도 닿지 않는 자를 제 일가(一家)라 하여 함부로 벼슬자리에 앉히는 모습을 보니…….'

아버지가 정말 이런 말을 했던 걸까. 아니면 환청을 듣고 있

---

* 지방 관리.

는 건가. 알 수 없어서 고개를 갸웃거리면서 두이는 잠인 듯 아닌 듯 가수면 상태에 빠져들었다. 그러다가 꿈을 꾸었다. 그리고 마침내 아버지를 보았다.

아버지와 산에 올랐다. 늘 그랬듯이 망태기를 어깨에 메고 약초를 찾고 산열매를 땄다. 아버지가 하는 말도 들었다.

'용담도 구했고 갯방풍도 얻었구나. 특히나 섬에서 나는 용담은 육지의 것보다 효능이 좋다고 하니 두고두고 긴히 쓰겠다. 그래 너는 무얼 캤느냐? 이제는 약초와 잡풀을 구분할 수 있겠느냐? 하긴 약초라 해도 알아보지 못하면 죄다 잡풀이고, 잡풀도 잘만 쓰면 약초가 된다 했다. 너희 외조부께서 하신 말씀이시다.'

그러고 나서 어느새 산꼭대기의 참매바위 아래였다. 산 아래에서 보면 참매가 동쪽을 노려보는 모습의 그 바위에서는 손바닥을 펼친 모양의 음죽도가 동서남북으로 다 내려다보였다. 가운뎃손가락처럼 위쪽으로 뾰족하게 뻗은 땅끝에 포구가 있었다. 그 앞바다에는 크고 작은 배가 벌레처럼 꼬물대고 있는 게 보였다. 그 너머로는 파란 바다가, 중간중간에 또 다른 섬들이 높고 낮은 산봉우리들처럼 솟아 있었다. 그 섬 중 태반은 무인도였다. 엄지섬, 두드러기형제섬, 금모래섬, 나비섬, 지렁이섬,

불뚝섬……. 어떤 어른은 음죽도 부근에만 무인도가 서른 개쯤 된다고 했고, 어떤 할아버지는 백 개는 될 거라고 했다. 또 그 섬 들 너머에 진도가, 진도 너머로는 뭍이 나올 것이었다.

그런데 아버지가 문득 참매바위 아래쪽 절벽으로 내려가며 말했다. 보아라, 흰민들레다. 저놈 자체가 보기 힘들고, 섬에서 는 더더욱 희귀하지. 바닷바람 맞으며 자란 흰민들레는 캐어 두 면 크게 쓸 일이 있을 게야.

무얼 하느냐, 묻기도 전에 아버지는 그렇게 말하고, 흙과 돌 멩이가 후드득 떨어져 내리는 절벽에 매달렸다.

위험해요, 아버지.

두이가 소리쳤지만 아버지는 듣지 않았다. 아버지는 고집스 럽게 절벽을 타더니 마침내 흰민들레를 손에 넣었다. 그러고는 웃음을 지으며 말했다.

두이야! 흰민들레다. 보이느냐?

아버지가 흰민들레를 들어 보였다. 작은 흰민들레 꽃이 눈앞 에서 잠시 흔들렸다. 하지만 그러고는 그만이었다. 흰민들레도 아버지의 얼굴도 보이지 않았다. 모든 게 순식간에 사라지고 그 아래는 졸지에 파란 바다였다.

아니, 하늘이었다.

꿈에서 깨어나자 안개가 걷힌 파란 하늘이 눈에 들어왔다.

"헉!"

두이는 깜짝 놀라 눈을 부릅뜨고 사방을 두리번거렸다. 적황색의 커다란 돛 아래에 사람들의 모습이 눈에 들어왔다. 그들은 두이처럼 쭈그려 앉은 채 졸거나 서성대거나 넋을 놓고 바다를 바라보았다. 몇몇은 도포를 제대로 갖추어 입은 양반이었고 장옷을 뒤집어쓴 아낙네도 여럿이었으며 아이들도 몇 눈에 들어왔다. 그러나 대부분 가족이었고 두이처럼 어린아이가 홀로 배에 탄 경우는 없는 듯했다. 그들 중에는 눈에 익은 사람도 한둘 보였지만 구태여 아는 체하지는 않았다.

"외병도와 내병도*는 지난 게요?"

"아무렴요. 저기 저쪽에 보이는 게 백야도** 아니오?"

"휴우! 그럼 아직도 한참은 더 가야겠소."

한쪽에서는 사람들이 그런 이야기를 주고받았다. 그리고 또 다른 쪽에서는 "역병이 오래 가겠죠?", "이십 년 전에는 섬사람 열 중에 하나가 죽었다던데요", "그나저나 이번엔 뭐랍디까? 또

---

* 진도 남서쪽에 있는 섬들.
** 진도 아래쪽, 남해안에 있는 섬.

두창이랍니까?", "여하튼 이렇게라도 빠져나와서 다행입니다", "그럼요. 돈을 얼마나 썼는데……"라는 말을 나누며 한숨을 쉬곤 했다. 그런 중에도 저편 한구석에서는 엄마의 등에 업힌 아이가 끊임없이 울어 대고 있었다.

두이는 일어나 갑판 난간에 섰다. 방향을 가늠해 보았다. 배가 진도를 향해 가고 있다면 그 반대편이 음죽도일 것이었다. 두이는 그쪽을 한없이 쳐다보았다. 그러자 아까보다도 훨씬 더 선명하게 아버지의 얼굴이, 아버지와 함께 누비고 다녔던 산과 들이, 더하여 주인 없는 섬의 모습까지 또렷하게 되살아났다.

그러더니 나중에는 과거에 급제하기 전에는 당신이 죽더라도 돌아오지 말라던 엄마의 목소리까지 생생하게 떠올랐다.

후우!

두이는 깊은 숨을 몰아쉬었다.

뭍에서 온 아버지의 뜻과 섬에서 자란 엄마의 마음이 그토록 달랐다. 뭍에서 섬으로 온 아버지는 두이에게 뭍으로 가지 말라 했고, 섬을 한 번도 떠나 본 적 없는 엄마는 뭍으로 가라고 했다. 두이는, 마음은 엄마의 뜻에 두고 몸은 아버지의 의지를 따랐다. 아버지의 뜻을 거스를 수도 없었지만 엄마의 바람을 저버릴 수도 없었다. 결국엔 공교롭게 지금도, 아버지는 내음죽도에, 엄마는 외음죽도에 있지 않은가.

아버지는 말했다.

"고작 재물이나 늘리자고, 제 일신*의 영달**이나 누리자고, 사람의 도리는 내팽개치고 백성은 안중에도 두지 않는 무리만 득실거리는 곳에는 두 번 다시 발을 딛지 않을 것입니다!"

그 말을 아버지는 지난해 추석 때 찾아온 당숙 어른 앞에서 했다. 거듭 한양으로 돌아가자고 설득하던 당숙 어른에게 그렇게 쏟아 놓고 아버지는 좀처럼 입을 열지 않았다. 평소에는 잘 입에 대지도 않던 곡주***까지 들이켰다.

술이 깬 뒤에는 도리어 당숙 어른을 설득하려 했다. "형님, 이곳에 살면 아무런 근심이 없습니다. 저는 저 참매바위가 서쪽으로 돌아앉으면, 그때쯤에는 한양에 한번 들러 보지요" 했다. 당숙 어른이 안 되겠다 싶었는지 두이라도 보내라 하자 도리질을 쳐 댔다. "형님, 어찌 아비가 겪은 고통을 자식에게 물려주라 하십니까?"라며 붉어진 눈으로 당숙 어른을 쏘아보았다.

결국 당숙 어른은 취기를 못 이기고 잠든 아버지 대신 두이를

---

*   자기 한 몸.
**   지위가 높아지고 귀한 대접을 받음.
*** 곡식으로 빚은 술.

붙잡아 앉히고 말했다.

"넌 섬에서 태어나긴 했으나 근본은 음죽도에 있지 않다. 한 때 네 아버지가 그랬듯 공부하여 입신양명*하여라."

그리고 엄마에게도 "어떻게든 공부를 시켜야 합니다. 때가 되면 내게로 보내십시오"라고 당부했다. 한때는 '반상의 도리'를 운운하던 당숙 어른의 그 말은 좀 비겁해 보였다.

물론 아버지가 두이의 공부를 전혀 외면한 것은 아니었다. 엄마가 조르고 또 졸라 대자 아버지는 『천자문』부터 시작해 『소학』을 읽게 했다. 하지만 거기까지였다. "섬에 사는데 더 무엇이 필요하겠느냐?"라면서 아버지는 툭하면 두이를 이끌고 산으로 들로 나갔다. "서책은 읽어 봐야 네 머리만 무거워지지만 약초 하나 제대로 뜯으면 여러 사람의 목숨을 구할 수 있다"라면서. 서책과 약초의 쓰임을 떼어 놓고 보면 아버지의 말이 그럴싸하게 들렸지만 나란히 늘어놓고 보니 좀 억지스럽기도 했다.

하지만 그 말이 옳거나 그르거나, 두이는 적어도 보름에 사나흘은 아버지를 따라 음죽도의 들과 산을 누볐다. 열 살이 되었을 때는 내음죽도와 외음죽도 사이에 우뚝 솟은 음죽산 꼭대

---

* 사회에 나가 출세하여 이름을 드높이는 것.

기를 한나절이면 오를 수 있었다. 능선마다 피는 꽃을 알았으며 오래 지나지 않아 바위틈에 숨어 피는 약초를 곧잘 찾아낼 수 있었다.

양지바른 동쪽 능선에서 진통에 좋은 산해박*을 찾아냈고, 서쪽 계곡을 타며 돌외를 캐냈다. 볕이 좋아 잡풀이 무성한 남쪽 능선 숨은 바위틈에서 천굴채**를, 서북쪽 외지고 습한 숲속에 숨어 있는 머위를 가려낼 줄 알았다.

결국 엄마가 아버지 몰래 내음죽도 훈장 댁에 가서 구해 온 『논어』를 외는 일보다 더 빨리 백 가지가 넘는 약초의 이름과 효능을 알게 되었다. 왜냐하면 『논어』는 기를 쓰고 외워야 하는 것이었지만 약초는 직접 찾아내 보고 눈에 담았기 때문이었다.

어느 즈음이었을까. 아버지의 생각이 하늘에 둥실 떠오른 구름 뒤로 슬쩍 들어가 버렸다. 뱃머리 앞쪽에서 누군가 외치는 소리가 들렸다.

"저기 진도 포구예요!"

---

*   약초의 한 종류.
**   부처꽃.

그 바람에 두이는 반사적으로 고개를 돌렸다. 사람들이 벌써 갑판 앞으로 몰려가고 있었다. 두이도 자연스레 그쪽으로 다가 갔다. 몰려든 사람들 틈새로 푸른 산줄기가 먼저 보였다. 그리고 배가 조금 더 앞으로 나아갈수록 산줄기 아래로 옹기종기 모여 앉은 집들과 포구의 배들이 눈에 들어왔다.

"저기 저 배가 한양의 용산진으로 가나 보오?"

누군가 혼잣말하듯 중얼거렸다. 그 바람에 두이는 고개를 돌 렸다. 황포 돛을 세 개나 매단 커다란 배가 한쪽에 보였다. 한양 이란 말 때문이었을까. 두이는 가슴이 울렁거렸다. 입안이 바싹 말라서 자꾸만 마른침을 삼켰다. 배가 조금 더 진도 쪽에 가까 이 다가갈수록 긴장감이 커졌다.

음죽도를 떠나 다른 사람들이 사는 섬에 발을 딛는 게 처음이 었다. 아버지를 따라 음죽도 주위의 섬 몇 곳을 다녀 본 적이 있 지만 그때는 약초를 구하기 위해서였다. 거기에는 사람이 살지 않았다. 엄지섬에는 대나무와 이름 모를 풀들만 잔뜩 자라났고 두드러기형제섬은 온통 바위들뿐이었으며 지렁이섬은 길쭉한 만큼 온갖 나무와 풀이 무성했지만 바닷새들만 어지럽게 날아 다녔다.

그런데 진도는 사람이 살 뿐만 아니라 음죽도보다 열 배나 더 큰 섬이었다. 진도에는 현감이 사는 관아도 있다고 했다. 음죽도에는 진도 현감이 파견한 말단 향리와 병졸 수십 명이 머물렀지만 그에 비하면 진도는 일 년에 한 번은 전라도 관찰사가 들러가는, 꽤 큰 고을이었다.

그뿐인가. 드물게나마 진도에서 목포와 한양으로 가는 배가 있다지 않은가. 방금 전에 본 황포 돛배가 용산진으로 향한다는 소리를 분명히 들었다. 그리고 자신도 모르게 고개를 끄덕이기까지 했다. 그러고 나니 이제는 아예 심장이 팔딱팔딱 뛸 지경이었다.

그래서 두이는 어쭙잖은 다짐도 했다.

'그래. 잘할 수 있어.'

이미 엎질러진 물이라 생각해서 더 그런지도 몰랐다. 두이는 새삼 주먹을 꾹 쥐었다. 왠지 그래야만 할 것 같았다. 내친 김에 괴나리봇짐의 끈을 더 바짝 조여 맸다.

그런데 그즈음이었다. 예사롭지 않은 목소리 하나가 두이의 귓속을 파고들었다.

"그런데 포구에 웬 병졸들이 저리 늘어섰대요?"

사람들이 웅성거렸다. 저마다 무슨 일이냐며 한두 마디씩 해댔다. 무슨 도둑이라도 잡겠다고 저러는 것이냐, 혹은 한양에서 또 난리가 나서 높은 양반이 유배라도 오는 건 아니냐 등등의 말들이었다. 두이는 사람들 틈으로 고개를 내밀고 쳐다보았다. 아닌 게 아니라 선착장 바로 앞까지 똑같은 옷을 입은 사람들이 줄지어 늘어서 있는 모습이 눈에 들어왔다. 배가 더 다가가자, 병졸들의 날카로운 창끝까지 날카롭게 눈을 쏘았다. 뜻밖에도 그 창끝은 이편 배를 겨누고 있었다.

왜 저런 모양일까 싶어서 고개를 갸웃거리고 있는데 문득 병졸들 사이에서 붉은 도포 자락을 휘날리며 누군가 앞으로 나섰다.

"나는 진도 현감이다! 어디서 오는 배인가?"

"대병도에서 닻을 올리고 소병도를 거쳐 왔습니다. 닻을 내리고 배를 대야 하니 병졸을 물리쳐 주십시오."

이쪽에서도 누군가 큰 소리로 대답했다. 돌아보니 받건이 하던 남자였다. 그런데 이게 무슨 말일까? 음죽도에서 온 배를 대병도라 둘러대다니? 왠지 느낌이 좋지 않았다.

아니나 다를까?

"이놈! 어디서 거짓을 고하는 게냐? 군선(軍船)*을 띄워 확인

* 　군사용 배.

한 바로는 이 시간에 대병도와 소병도에서 올 배는 없다. 다만 음죽도에서 역병 환자를 싣고 진도로 향한 배가 있다는 기별을 받았느니라. 어찌 나를 기망(欺罔)*하려 드는 것이냐?"

현감이 소리치는 말에 두이는 가슴이 철렁 내려앉았다.

다른 사람들도 별반 다르지 않은 것 같았다. 사람들은 쑤군댔고 발을 동동 굴렀다. 그러자 안 되겠던지 받걷이 남자가 다시 말했다.

"현감 어른, 이 배는 음죽도에서 오는 배가 맞습니다. 혹시라도 역병 때문에 내려 주지 않을까 봐 거짓을 고하였습니다. 하오나 이 배에는 역병 환자가 타고 있지 않습니다. 그러니 부디 용서하시고 포구를 열어 주시면⋯⋯."

"네 이놈! 내가 역병을 보고 받은 게 벌써 나흘 전이다. 그리하여 음죽도뿐 아니라 사람을 싣고 인근 섬을 오가는 모든 배의 이동을 금했다. 또한 출어**도 하지 말라 명하였다. 그러나 더러는 도망치는 자들도 있다던데 너희들 사이에 역병 환자가 없다고 어찌 장담할 것이냐? 그러니 예서 목이 달아나기 전에 음죽

---

*　거짓을 말하거나 진실을 숨기려는 행위.
**　배를 타고 고기 잡으러 나감.

78

도로 돌아가 다음 명을 기다리거라! 이를 어기고 행여 또 다른 생각을 품는다면 가만두지 않으리라!"

그 말에 몇몇은 사색이 되었고 또 몇은 넋을 놓았다. 그리고 그런 정신을 추스를 사이도 없이 현감이 늘어선 병졸들을 향해 외쳤다. 그 말에 굴때장군* 같았던 받건이 사내도 더 이상은 아무 말도 하지 못했다.

"여봐라! 단 한 놈도 배에서 내리지 못하게 하라. 행여 배에서 내리는 놈이 있거든 활을 쏘아도 좋다!"

그러자마자 병졸들이 일제히 창을 이쪽으로 겨누었다. 몇몇의 창날에서 반사된 햇빛이 화살보다 먼저 날아왔다. 두이는 얼결에 눈을 감고 말았다.

그때, 갑판 앞편으로 은은한 청색이 도는 비단 저고리를 입은 남자가 나섰다. 지금은 몰라도 한때, 벼슬깨나 하지 않았을까, 싶은 모양새였다. 그가 현감을 향해 외쳤다.

"현감은 들으시오. 나는 지난 목포 현감을 지낸 강판수 대감의 사촌 형제인 강장구라 하오. 현감의 말씀은 알겠으나 사정이 여의치 않으니 배를 대게 하고 환자가 있는지 없는지 판별하

---

* 키가 크고 몸이 굵으며 살갗이 검은 사람을 놀림조로 이르는 말.

여……."

그러나 그 말이 채 끝나기도 전에 현감의 말이 다시 배 안으로 날아왔다.

"이는 전라도 관찰사의 명이니 어기는 자는 목숨을 각오해야 할 것이오!"

"하지만 현감, 어렵게 여기까지 왔는데 어찌 되돌아가란 말이오."

"시끄럽소. 관찰사의 명은 곧 어명이나 다름없으니 즉시 돌아가시오."

청색 도포 양반이 애원하듯 했지만 현감의 대답은 더욱 날카롭게 되돌아올 뿐이었다. 그 말에 청색 도포의 양반도 더는 어쩌지 못했다.

사람들이 하나둘 갑판에 주저앉았다. 아이고, 마른 곡소리를 내는 사람도 있었다. 저마다 갑판 너머를 바라보면서 이러지도 저러지도 못한 채 발만 동동 굴렀다.

약초쟁이의 아들

진도 포구를 돌아 나온 배는 한 식경 동안 바다 위에 떠 있었다. 그러다가 청색 도포의 양반이 다도해에 섬이 한둘이냐며 "상조도든 하조도든 갑시다. 며칠이라도 다른 섬에 피해 있다가 다시 진도로 가면 어떻소? 음죽도로 돌아가는 것보다는 낫지 않겠소?" 했다. 그뿐만 아니라 한둘이 나서서 "이렇게 된 것, 관매도는 어떻소? 게서 아예 큰 배를 빌려 목포로 가는 것이오" 하며 나섰다.

그 말에 너도나도 고개를 끄덕였다. 진도 포구에서 쫓겨나 초조해하던 사람들의 낯빛이 조금은 밝아졌다. 한시름 놓았다는 듯 긴장을 풀었다. 곧 선주는 배를 돌려 서남쪽으로 뱃길을 잡왔다.

그러나 하조도는 물론이고 관매도 역시 내릴 수 없었다. 이미 섬의 포구는 문을 꼭꼭 걸어 닫고 있었다. 포구마다 장졸들이 지켰다. 결국 진도에서 그랬던 것처럼 배는 포구에 들어섰다가 물러 나오는 수밖에 없었다. 안 되겠던지, 청색 도포의 양반이 또 나서서, "포구가 아니면 어떻소. 섬사람들 몰래 아무 데나 배를 대요" 했다. 그 말에 또 배는 섬을 빙빙 돌며 배를 댈 곳을 찾았다.

하지만 그마저도 허사였다. 섬 둘레는 바위 절벽이 더 많았고, 좀 완만해 보이는 곳에는 마을 사람들이 순라*를 돌고 있었다. 그렇게 한나절이 훌쩍 지나갔다. 결국 선주는 섬 언저리에서 물러 나왔다.

"내일 아침까지는 썰물이어서 접안 시설이 갖추어져 있지 않은 곳에는 배를 대기 힘들어요."

하지만 사람들이 가만있지를 않았다.

"돈을 더 주면 될 것 아니오? 아예 목포로 갑시다."

누군가 거친 목소리로 한마디 툭 던졌다. 그러자마자 몇몇

---

* 주변을 경계하고 살핌.

사람이 "차라리 그게 좋겠소!" 했다. 하지만 두이는 가슴이 철렁 내려앉았다. 얼른 다른 사람들의 눈치를 보았다. 낯빛이 흐려진 사람 몇이 눈에 띄었다. 하지만 그때 청색 도포의 양반이 나섰다.

"그럽시다. 몇 푼 더 주면 되지 않겠소? 무슨 화를 당하려고 음죽도로 돌아간단 말이오?"

그 말에 받걷이하던 사내가 나섰다.

"그건 안 됩니다. 관찰사의 명이라 하지 않았습니까. 어명이라는데 그까짓 돈 몇 푼이 문제요?"

"무슨 말이오? 목포든 어디든 사람 닿지 않는 곳에 슬쩍 내리면 될 것 아니오?"

청색 도포의 남자가 물러서지 않고 말했다.

"쉽지 않을 것입니다. 관찰사가 그리 명했다면 해안마다 병졸이 지킬 것이고 무엇보다 목포로 가기에는 배가 작아서 안 됩니다."

"이보시오. 해 보지도 않고 어찌 그러시오? 어서 갑시다."

"보다시피 배도 작고, 물길을 알지 못하여 위험합니다. 목포 앞바다는 이곳 다도해 못지않게 암초도 많고 물살이 거센 곳입니다."

그래도 청색 도포의 양반은 또 무어라 한두 마디를 하며 버텼다.

하지만 더 이상 어찌지 못했다. 무엇보다 바람이 거칠어지고 있었기 때문이었다. 그렇지 않아도 벌써 한둘은 뱃멀미를 하는지 토악질을 해 대고 있었다.

음죽도로 돌아가는 방법 외에는 모든 게 불가능했다. 무인도로 가자는 사람도 있었지만 먹을 게 부족했다. 어느새 바다에 어둠이 내렸을 때는 물마저 떨어진 상태였다. 게다가 종일 먹은 것이라고는 선주가 배 안에 남겨 두었던 토란을 몇 개씩 나누어 준 게 전부였다.

배는 바람을 피하고자 무인도를 등지고 닻을 내렸다. 그러고 나자 어둠이 빠르게 찾아왔다. 바람은 조금 더 거칠어졌고 게다가 왜바람인 듯 사나웠다. 그 때문인지 눈을 감았지만 잠이 오지 않았다. 어쩌면 배가 고픈데다가 걱정이 쌓여 그런지도 몰랐다. 갑판 한쪽에서 빽빽 울어 대는 아이 때문에도, 여기저기 서넛씩 모여 도란거리는 말소리 때문에도 쉽사리 잠이 올 리 없었다. 갑판 위 곳곳에 피워 놓은 횃불이 금방이라도 꺼질 듯 사납게 몸을 떨었다.

두이는 갑판에 웅크린 채 하늘을 바라보았다. 마당에 쌀알이라도 뿌려 놓은 듯 별이 총총 빛났다. 동쪽 하늘에는 밝은 달이 떠 있고, 서쪽 하늘에는 은하수가 짙게 깔려 있었다.

그러다가 어느새 갑판 한쪽에 매어 놓은 횃불 바로 아래에 자리를 깔고 앉은 사내들의 목소리가 귓전에 들어왔다.

"그럼 두창도 아니라면 그 역병의 정체가 무어란 말이오?"

"이건 얼핏 들은 얘기요만…… 그 왜 달포 전쯤에 음죽도 포구에 청나라 선박이 지나간 적 있잖소?"

"그랬지. 왜나라로 가다가 폭풍에 밀려 이쪽까지 밀려왔다고 했던가, 방향을 잘못 잡았더랬나? 아무튼 쪽배 몇 척 보내서 물과 먹을 것을 구해 갔다고 했어. 그 큰 배가 거의 열흘이나 음죽도 앞바다에 떠 있었는데 모를 사람이 있나."

"그때 물만 가져간 게 아니라오. 내음죽도 의원 나리와 짐꾼 서넛이 그 배에 갔다 왔다고 합디다."

"그랬다고 합디다. 급체한 사람이 있었다던데?"

"그뿐이 아니라오. 그 배 안에 포도아* 사람 몇이 타고 있었는데 그 양인들이 글쎄 고뿔 같은 것을 앓고 있었다나?"

"그럼 그 병을 옮겨 왔다고?

---

* 포르투갈.

"역병이 양인들만 앓는 고뿔이라는 소리가 있네. 양인들이 걸렸던 거라 더 지독하다는 게지."

"그걸 의원 나리와 짐꾼들이 옮겨 왔다? 그럼 약도 없다는 겐가?"

"양인들이 앓는 병인데 그 약이 조선 땅에 있을 리 없지 않은가?"

"양인 놈들이 괴질을 두고 갔구만!"

누군지 알 수 없는 사내들 서넛이 주고받는 이야기를 두이는 맥없이 듣고만 있었다. 소근대는 듯한 목소리가 도리어 귀를 쫑긋 세우게 했다. 하지만 그게 이제 와 무슨 소용일까 싶어서 두이는 사내들이 앉아 있는 반대 방향으로 돌아누웠다. 물론 그래도 목소리는 들렸다.

"역병에 걸리면 숨을 가쁘게 몰아쉬며 기침도 심하다지. 입안이 마르며 물을 찾는데 그예 물을 주면 도리어 탈수가 심해진다는군. 게다가 오래 앓다가 피를 토하고 죽는다네."

"에휴! 우리가 떠나오기 전까지 죽은 사람이 벌써 열이 넘는다고 했네."

"어제 그랬으니, 그 괴질에 지금은 더 많은 사람이 죽었을지 모르지!"

두이는 눈을 질끈 감았다.

'정말 다시 음죽도로 돌아갈 수밖에 없는 걸까?'

그렇게 혼자 중얼거리고 눈을 감았다. 잠이라도 자 두는 게 낫겠다는 생각이 들어서였다. 그래서 한참을 눈을 질끈 감고 있었더니 살짝 잠이 오려는 듯도 했다.

하지만 이번에는 또 다른 소리가 몸을 깨웠다.

아기의 울음소리였다. 조금 전까지 그나마 잦아들었던 듯한데 다시 울음소리가 별안간 커졌다. 그리고 기다렸다는 듯 누군가의 신경질적인 목소리가 울려 퍼졌다.

"도대체 아이가 왜 그러는 게요? 거 혹시 역병에라도 걸린 거 아니오?"

그 말이 허공을 가로지르는 순간 일시에 사방이 조용해졌다. 진심으로 '역병'을 운운한 것은 아닌 게 분명했다. 울음소리에 짜증이 나서 그냥 던져 본 말이 아니었을까. 그런데 그 말 때문에 갑판 위는 순식간에 찬물을 끼얹은 듯 긴장감이 퍼졌다. 돌아보니 청색 도포를 입은 양반이었다.

아기의 울음소리도 잠깐이나마 멈추었다. 짧은 시간이었지만 두이도 어깨가 서늘해지는 기분을 느꼈다.

잠시 후 아기는 다시 울었다. 기다렸다는 듯 사람들이 움직였다. 그들 대부분은 우는 아기 쪽을 돌아보더니 더 멀리 물러났다.
그때 아기를 안은 채 갑판 한구석에 앉아 있던 여인이 외쳤다.

"아니에요! 우리 아이는 절대 역병에 걸리지 않았어요."

몹시 당황한 목소리였다. 하지만 그 말이 도리어 사람들로 하
여금 경계심을 갖게 하는 듯했다. 노골적으로 옷소매로 입을 가
리고 고개를 돌리는 사람도 있었다.

"아니라니까요!"

"그걸 어찌 아는가? 아이들일수록 병에 더 잘 걸리는 법인걸."

여인의 목소리는 간절했고 청색 도포의 목소리는 빈정거리
는 투였다. 더하여 그는 한 소리를 덧붙였다.

"병자를 태우고 음죽도에 돌아갔다가 거기서도 내려 주지 않
으면 어쩌겠는가?"

"무, 무슨 말씀이십니까?"

"자네는 아기와 함께 아무 알섬*에나 내리게."

그 말에 두이는 정신이 번쩍 들었다. 잘못 들은 게 아닌가 싶
어서 고개를 갸웃거려야 했다. 단순히 까탈 부리는 말이 아닌
듯했다. 그 목소리가 야멸치게 들렸다.

---

* 옛 사람들이 무인도를 일컫는 말.

"아무리 양반이라도 어찌 그리 말할 수 있습니까? 홀로 알섬에 내리란 말은 그저 죽으란 말입니까. 어차피 살아 보겠다고 금붙이 주고 몰래 도망 온 처지는 여기 있는 사람들 모두 똑같지 않습니까?"

여인의 말에 몇몇이 헛기침을 하며 고개를 돌렸다. 두이도 공연히 가슴이 쓰렸다.

"무엇이? 감히 네년이 반상의 도를 능멸하는 것이냐?"

"아니면 아니라고 말해 보십시오. 그리고 여기서 갑자기 반상의 도가 왜 나옵니까? 역병이 양반은 피해 가고 상놈만 걸린답니까?"

"뭐, 뭐라고?"

양쪽의 긴장감이 팽팽했다. 양반은 여인을 족대기듯 기세를 올렸고 여인도 앙칼지게 대꾸하며 물러서지 않았다.

하지만 시간이 조금 지나자 사람들은 자꾸만 여인 쪽을 힐끗거렸다. 노골적으로 소매로 얼굴을 가리며 거리를 두는 사람도 있었다. 그러자 양반은 우군이라도 얻은 듯 한 소리를 더 했다.

"어찌 할 것이냐? 모두 역병에 걸린 네 아이를 두려워하고 있지 않느냐?"

"역병이 아니라는데 왜 이러십니까?"

"허허! 이렇게 병증이 있는데 어찌 아니라고 하느냐? 그것이 역병이 아니란 걸 또 어떻게 증명할 테야?"

그 말에 여인은 더 무어라 말을 못 했다. 두이는 얼른 사람들 쪽을 돌아보았다. 몇은 고개를 끄덕이고 있었다. 아예 고개를 돌려 여인을 외면하는 사람도 여럿이었다. 그걸 본 여인이 이번에는 사람들을 향해 말했다.

"어찌 이러실 수가 있습니까?"

여인은 거의 울상이었다. 하지만 그렇다고 이미 몸을 돌린 사람이 돌아서지는 않았다. 여인은 그런 사람들을 보면서 온몸을 부르르 떨었다.

그런데 하필이면 그때 두이는 여인과 시선이 마주쳤다. 차마 두이는 그 눈빛을 외면하지 못했다. 그래서였을까. 두이는 문득 일어났다.

아!

이건 무슨 조화일까. 일어나고 보니 여인과 청색 도포 양반의 중간이었다. 두이는 잠시 머뭇거리다가 여인 쪽으로 다가갔다. 그러자 엄마 또래인 여인이 두어 걸음 물러났다.

"너는 누구냐? 무슨 말을 할 참이야? 다가오지 말거라."

여인은 날을 세워 말했다. 그러나 두이는 조심스레 다가갔다.

달빛에 드러난 아이의 얼굴을 보았다. 흐린 달빛에도 아이의 볼은 붉었고, 콧물이 코와 입 주위에 흘러넘쳤다. 손을 뻗어 아이의 머리에 댔다. 뜨거웠다.

"뭐, 뭘 하는 것이냐?"

여인이 물었다. 그리고 기다렸다는 듯 뒤에서 몇 사람의 목소리가 들려왔다.

"아, 그러고 보니 재작년에 돌아가신 남 생원 댁 손자 아닌가?"

남 생원은 마을 사람들이 그저 편하게 외할아버지를 부르는 호칭이었다. 그런데 남 생원이라고 하자 한둘이 고개를 번쩍 들었고, 그중 하나가 서둘러 입을 열었다.

"그런가? 재작년에 돌아가신 외읍죽도 약초쟁이 어른 말이오? 그 사위가 지금도 약초를 캐서 의원 댁에도 주고 장에 내다 팔고 그런다며?"

"그럼요. 웬만한 의원보다 약초를 더 잘 본답니다. 옛날엔 한양에서 벼슬을 한 높은 양반이었다는데 어쩌다 유배를 와서……."

그러다가 한 남자가 저만치 옆으로 다가와 물었다.

"그런데 네가 어쩌자고? 혹 네가 병자를 볼 줄 안단 말이냐?"

남자는 초립을 쓰고 깨끗한 무명옷을 입고 있었다. 수염을 말끔히 다듬은 그 남자는 미간을 찌푸리며 두이를 찬찬히 바라보았다.

두이는 담담하게 대답했다.

"꼭 그런 것은 아니지만 외조부가 살아 계실 때 고뿔에 대해서 얼추 들은 바는 있습니다."

"그래, 남 생원께서 웬만한 의원보다 병증을 잘 알고 그에 맞는 약초를 잘 대 준다는 말은 들었다. 외음죽도 사람들은 웬만큼 아프지 않으면 내음죽도에 있는 의원을 찾지 않고 남 생원을 먼저 찾았다지? 그런데 고뿔이라고?"

"네, 이 아이는 그저 심한 고뿔인 듯합니다."

"그 역병도 고뿔과 다를 바 없다 하지 않았느냐? 그리고 네가 무얼 안다고 함부로 나서느냐?"

청색 도포의 양반이 뒤에서 소리를 높였다. 두이가 나서는 꼴이 뒤넘스럽다고 생각하는 모양이었다.

"나서려는 게 아니라……."

"그래. 말해 보아라! 무엇이 다르단 말이냐?"

무명옷의 남자가 재촉하듯 그러나 부드러운 목소리로 말했다.

"제가 아까 얼핏 들은 바로는, 역병의 증세처럼 열이 있는 것 말고는 모두 다릅니다. 아이는 맑은 콧물이 흐르는데 이는 역병에 없는 증세이고 또한 역병에 걸린 사람들은 숨 쉬는 게 힘들다고 하였는데 우느라 숨이 빨라진 것 말고는 아이가 숨을 쉬는 데 특별히 어려움을 겪는 것 같지는 않습니다. 또 아까 듣기로는, 역병에 걸리면 입이 마르는 증세가 있다 하였는데 아이는 그런 병증이 보이지 않습니다. 그리고 모든 병증은 반드시 아이라고 해서 잘 걸린다는 법은 없습니다."

그렇게 말한 뒤 두이는 사람들을 쳐다보았다. 예닐곱은 고개를 끄덕였고 그중 한둘은 이편으로 다가왔다.

그러나 청색 도포의 양반은 도리어 더 큰소리를 내질렀다.

"네놈이 의원 행세를 하려 드는 것이냐?"

"저는 다만 있는 그대로를 말했을 뿐입니다. 의원이 아닌 그 누가 보더라도 쉽게 알 수 있는 것입니다. 아무도 말하지 않았을 뿐입니다."

쉬지 않고 말했다. 하지만 두이는 그 말이 어디서 나온 것인지 알 수 없었다. 분명 무섭고 떨렸는데 가슴속 무언가가 자꾸 그러라고 시켰달까. 그래서 두이는 그 말을 마치고 나서 길게 숨을 내쉬어야 했다. 심장이 마구 뛰었다.

"허허! 이놈이……."

청색 도포의 양반은 질 수 없다는 듯 소리를 높였다. 하지만 곧 뒷말을 꺾어 내렸다. 사람들의 시선을 무시할 수 없었는지 청색 도포의 양반은 두이 쪽을 쳐다보고 있다가 곧 몸을 돌렸다.

"고맙구나."

여인이 손을 잡았다. 올려다보니 눈물이 글썽거렸다. 아이는 여전히 칭얼대고 있었다. 두이는 아무 말도 하지 않고 잠시 아이를 쳐다보았다. 그러다가 멋쩍은 생각이 들어서 일어서려 무릎을 폈다. 그런데 왜일까? 여인이 손을 놓아주지 않았기 때문에 다시 주저앉을 수밖에 없었다. 두이는 잠시 그 자리에 그냥 머물렀다. 뒤미처 생각난 김에 괴나리봇짐을 풀었다. 그 속에서 대나무 약초 통 중 하나를 꺼내 여인에게 내밀었다.

"여기에 쥐꼬리망초풀 말린 것이 들었습니다. 어쩌면 음죽도에 내려도 역병 때문에 의원에 가지 못할 수도 있을 테니 이것을 따뜻한 물에 풀어 아기에게 마시게 하면 열을 내리는 데 도움이 될 것입니다."

그러자 여인의 눈이 금세 젖어 들었다. 하지만 울지 않으려 애쓰며 두이의 손을 잡고 방금 전과 똑같은 말을 이었다.

"고, 고맙구나."

목소리마저 떨렸다. 그래서 두이는 무어라고 대꾸해야 할지 몰라 멋쩍게 고개만 두어 번 끄덕이고 말았다.

"배에 혼자 탔니? 너도 많이 무서웠을 텐데?"

"저, 저는 괜찮습니다."

긴장이 풀어지자 말을 더듬었다. 두이는 입안이 바싹 타는 것 같았다.

"훌륭한 의원이 되겠구나. 남 의원님처럼 말이다. 나도 남 의원님에 대해서 들은 적이 있다."

두이는 그러나 그 말에는 대꾸하지 않았다. 외할아버지는 의원이 아니었다고 말하고 싶었지만 그만두었다.

여인은 더 말을 건네지 않았다. 칭얼대는 아이를 어르느라 그런 듯했다. 두이는 조금 물러나 앉았다. 다시 하늘을 보았다. 별도 달도 보이지 않았다. 그새 구름이 하늘을 가린 모양이었다.

결국 배는 다시 음죽도로 돌아가는 수밖에 없었다. 새벽까지 어른들 사이에서는 말들이 많았지만 결국 바람이 거칠어지고 파도가 높아지자 서둘러 음죽도로 돌아가는 쪽으로 결론을 내고 말았다.

바람 덕분에 배는 날이 밝고 반나절도 지나지 않아 음죽도 포구에 닿았다. 그 순간에도 숨어서 들어가야지 않느냐는 사람들이 있어서 잠시 머뭇거리긴 했지만 거센 바람 때문에 자칫 바위에 부딪치기라도 하면 큰일 날 거라며 하는 수 없이 그나마 안전한 포구로 향했다.

그러나 포구는 살벌했다. 드나드는 배는 없이 모두 포구에 묶여 있었고 선착장에 닿기도 전에 주위에 병졸들이 몰려들었다. 하나같이 흰 천으로 얼굴을 가리고 있었다. 역병이 옮을까 우려되어 그런 것일 테지만 수십 명이 그러고 있는 모습을 보니 낯설고 무서웠다. 잔뜩 찌푸린 날씨가 을씨년스럽기까지 했다.

"향리 어른의 명이 있을 때까지 한 사람도 내리지 말고 기다리시오."

배가 선착장 가까이 다가가자 칼을 높이 빼든 병졸 하나가 앞으로 나서며 큰 소리로 외쳤다. 그의 팔뚝에 묶여 있는 빨간 천이 유독 바람에 흩날렸다.

"우리는 모두 음죽도 사람들이오. 사정이 있어서 진도로 가다가 되돌아온 것이니……."

진도에서 그랬던 것처럼 사내 하나가 나섰다. 하지만 그 말이 끝나기도 전에 병졸이 다시 소리를 높였다.

"향리 어른의 명을 어기고 몰래 빠져나간 자는 마땅히 엄벌에 처할 것이오."

그러자 이번에는 청색 도포의 양반이 나섰다.

"이보게. 나 모르겠나? 나 강 선주일세. 나는 향리 어른과도 잘 아는 사이이니 사정을 이해해 줄 걸세. 그러니 어서……"

"누구라도 배에서 내리는 자가 있다면 목을 베어도 좋다고 하셨소."

"뭐, 뭐야? 지금 무슨 소리를 하는 겐가?"

병졸의 살벌한 말에 청색 도포의 양반이 당황한 듯 말을 더듬었다. 두이는 자신도 모르게 옷깃을 여미고 한 걸음 뒤로 물러났다. 다른 사람들도 웅성거리기만 할 뿐, 어쩌지 못하고 발만 동동 굴렀다.

두어 시진이 지났을 무렵이었다. 선착장을 지키는 병졸들 뒤편에서 또 한 무리의 사람들이 급히 달려오고 있었다. 그들은 병졸들을 헤치고 앞으로 나섰다. 가장 앞에 선 사람은 향리 어른이었다. 얼굴은 가리고 있었지만 적색 도포를 입은 것으로 보아 틀림없었다.

"이런 음흉한 자들을 보았나? 역병이 돌아 모든 배의 출항을 금하였거늘, 어찌 혼자 살겠다고 배를 띄웠더란 말인가? 남녀노소를 가리지 않고 국법으로 다스릴 것이다!"

향리 어른이 소리를 쳤다. 그러자 배 안의 사람들이 더 웅성거렸다. 이번에도 청색 도포의 양반이 나섰다.

"아이고, 향리 영감. 나 강 선주요. 어찌 그리 심한 말을 한단 말이요. 급한 볼일로 그리 한 것이니……."

"허나 역병 잡는 일이 시급하여 지금 당장은 죄를 묻지 않고 일단은 돌려보낼 것이오. 그러나 역병이 물러간 뒤 일일이 다시 불러 문초할 것이니 그때까지 두문불출하고 관의 명을 기다리시오."

일단 보내 준다는 말에 배 안의 사람들은 안도의 숨을 내쉬었다.

결국 병졸에게 일일이 신분을 확인한 다음에서야 사람들은 하나둘씩 배에서 내렸다. 두이도 그들을 따라 자신이 사는 곳이 어딘지 부모의 이름까지 적고 나서야 배에서 내릴 수 있었다. 둘러선 병졸들의 눈빛이 매섭고 따가워서 두이는 내내 고개를 들 수가 없었다.

두이는 앞서 내린 무리를 따라 선착장 길을 바지런히 걸었다.

그런데 어느 즈음이었을까.

"아악!"

짧은 외마디 비명이 들려 얼른 고개를 들었다. 그러자마자 저 앞에서 걷던 한 청년과 노인이 외마디 비명을 지르며 길옆으로 비틀거렸다. 두이는 무슨 일인가 해서 눈을 가늘게 뜨고 쳐다보았다.

돌멩이가 날아오고 있었다. 돌담 뒤와 길옆 나무 뒤에서 마을 사람들이 배에서 내린 사람들을 향해 돌팔매질을 해 댔다. 그들은 돌멩이 하나를 던지고 숨었다가 곧 고개만 빼꼼 내밀고 기다렸다 다시 돌을 던졌다.

뒤이어 욕설이 날아왔다. 그게 돌팔매보다 더 매서웠다.

"이 개만도 못한 것들 같으니라고. 혼자만 살겠다고 도망을 가?"

"어미도 팔아먹을 놈들!"

"저런 놈들을 왜 내려 줘. 바다에 처넣어야지!"

욕은 귀를 찢었고, 돌은 배에서 내려 종종걸음을 치는 사람들의 머리, 등과 무릎을 가리지 않고 때렸다.

두이도 예외가 아니었다. 돌멩이 하나가 어깨에 와서 맞고 또 하나는 정강이를 스쳤다. 그 바람에 무릎이 꺾일 뻔했다. 두이는 얼결에 걸음을 멈추고 말았다. 그러자 돌멩이는 더 많이 날아왔다. 등과 종아리와 머리와 팔다리를 사정없이 때렸다. 피하려 했지만 걸음이 떨어지지 않았다.

"우읍!"

어금니를 문 채 비명을 질렀고, 그 때문에 신음 같은 소리가 새어 나왔다. 맞은 곳도 아팠지만 그들이 내뱉는 소리 때문에 가슴도 아팠다. 그래서 더더욱 얼굴을 들 수가 없었다. 가까스로 두어 걸음 내디뎠지만 돌팔매는 그치지 않았다.

그런데 어느 순간 누군가 두이를 감싸 안았다. 그 덕분에 더 이상 돌은 맞지 않았다. 두이는 자신을 감싼 팔을 헤치고 고개를 들었다.

엄마였다.

"어, 엄마……."

하지만 엄마는 대답하지 않고 두이를 끌어안고 걸었다. 양옆에서 날아오는 돌팔매를 한 몸에 맞으면서도 엄마는 걸음을 멈추지 않았다. 그런 중에도 돌은 날아왔다. 어떤 돌멩이는 제법 큰 소리를 내면서 엄마의 몸을 때렸다. 그에 아랑곳하지 않고 엄마는 바삐 걸었다. 꽤 아플 법한데도 엄마는 자그만 신음조차 내지 않았다.

포구와 마을을 완전히 벗어나 외음죽도로 가는 완만한 경사 길에 이르러서야 돌은 더 이상 날아오지 않았다. 엄마는 비로소 두이를 품에서 놓아주었다.

두이는 얼른 엄마를 쳐다보았다. 머리는 죄다 헝클어진 채였고, 이마에서 피가 흘러 뺨 아래쪽으로 흐르고 있었다.

"엄마!"

두이는 얼른 손을 뻗어 엄마의 뺨을 만졌다. 하지만 엄마는 고개를 저었다.

"나는 괜찮다. 어서 집으로 돌아가자."

뜻밖에도 엄마는 조금도 흔들림이 없는 목소리로 말했다. 별일 아니라는 듯 흐트러진 머리를 쓸어내리고 옷소매로 이마의 상처를 몇 번 찍어 눌렀다. 그리고 도리어 두이에게 물었다.

"몸 상한 데는 없고?"

엄마는 아예 무릎을 꿇고 두이의 몸을 위아래로 살폈다. 얼굴과 머리를, 몸 곳곳을 일일이 어루만져 보고 나서야 엄마는 몸을 일으켰다. 그리고 안도의 숨을 내쉬더니 두이의 손을 잡아 이끌었다.

한동안 아무 말도 하지 않았다. 엄마의 걸음은 약간 빠른 듯했지만 그렇다고 서두르는 것 같지는 않았다. 두이는 무어라고 말을 하고 싶었으나 입이 떨어지지 않았다. 묵묵히 엄마를 따르는 수밖에 없었다.

얼마쯤 걸었을까.

비가 오기 시작했다. 그러자마자 엄마는 아까 돌이 날아올 때

그랬던 것처럼 두이를 품에 안고 걸었다.

"죄송해요!"

두이는 겨우 입을 열었다. 왜인지는 모르지만 그렇게 말해야 할 것 같았다. 그러자 엄마는 무슨 대꾸를 하려다가 멈추었다. 빗방울이 거세졌기 때문이었다. 엄마는 얼른 커다란 참나무 밑으로 피했다. 그 뒤편으로 대나무 이파리가 유독 푸르게 빛나고 있었다.

빗방울이 참나무 이파리에 부딪치는 소리가 크게 들렸다. 잠시 눈을 감았다. 어제 새벽부터 지난밤 그리고 방금 전까지의 일이 단숨에 스쳐 지나갔다. 꿈을 꾸고 있나 싶어서 두이는 얼른 다시 눈을 떴다.

그로부터 조금 더 시간이 지난 다음에야 엄마는 입을 열었다.

"어미를 원망하는 건 아니지?"

뜻밖의 질문에 두이는 엄마를 쳐다보았다. 두이는 아무 말도 하지 않았다. 무슨 답을 원하는지 알 수 없어서였다. 빗물이 엄마의 뺨을 타고 흘러내렸다. 아직 피가 멎지 않았는지 그 물빛이 불그스름했다.

두이가 말이 없자 엄마가 말을 이었다.

"어미도 글을 안다. 네 외할아버지가 가르쳐 주셨지. 약방 일을 도우라는 뜻이었어. 약초 이름이라도 제대로 읽고 쓸 줄 알면 쓸모가 있으려니 생각하신 모양이다. 그런데 어미는 책을 읽었단다. 뭐든 배우고 싶었거든. 세상이 참 넓다는 생각이 들었기 때문이야. 그래서 뭍에도 가 보고 싶다는 생각을 했지. 하지만 아녀자의 몸으로 가당치도 않았겠지. 섬에서 태어난 여자는 섬에서 죽는다는 말이 있단다. 아녀자가 섬을 떠나는 건 꿈도 꾸지 못할 일이야. 바다에 나가 조개를 줍고 미역도 따고 그물을 깁고 틈틈이 밭을 매고…… 그러다가 자기가 보리 심던 그 언덕에 묻히는 거지. 어쩌면 웬만한 사내들도 그럴 게야. 섬이란 곳은 어쩌면 울타리 없는 감옥 같은 곳이란 생각이 들더라."

그즈음에서 한 번 엄마는 말을 멈추었다. 다행이다 싶었다. 지금 엄마가 왜 이런 말을 꺼내는지 갈피를 잡을 수가 없어서였다. 당신 때문에 돌팔매를 맞고 망신을 당하게 된 자식에게 미안해서일까. 어쩌면, '내가 뭍에 나가지 못했으니 너라도 뭍에 나가길 바랐단다'라는 말을 어렵게 풀어서 하고 있는 걸까.

두이는 숨을 몰아쉬고 있는 엄마를 보면서 이런저런 생각에 휩싸였다. 무엇보다 방금 전 대신 돌팔매를 맞을 때의 기분은 어땠을까 하는 생각에 이르자, 그 당혹감이 그대로 자신에게 몰려왔다. 그래서 두이는 자신도 모르게 어금니를 꾹 깨물었다.

두이는 아무 말도 하지 않고 기다렸다. 그러자 엄마는 조금 더 시간이 지난 뒤에 말을 이었다.

"네 아버지가 유배를 왔을 때 이 어미가 수발을 다 들었다. 솔직히 네 아버지가 다시 뭍으로 돌아갈 거라고 확신했기 때문이란다. 그래서 선뜻 아버지와 혼인하려 했던 것이고. 어미가 당돌하다는 생각이 드니?"

엄마는 거기서 잠시 말을 끊었다. 말끝이 높았지만, 대답을 바라는 것 같지는 않았다. 엄마는 침을 한 번 꿀꺽 삼킨 다음에 말을 이었다.

"그런데 네 아버지가 뭍으로 돌아가지 않겠다고 하더구나."

그즈음 아버지가 언젠가 했던 말이 떠올랐다. "진정한 학문이란 그렇게 한 사람이라도 살리는 것이다. 논어와 맹자가 사람된 도리를 알려 주는 것은 고마우나, 우리와 같은 평범한 사람들에게는 당장 효용이 되는 것이 더 중요하다는 뜻이다. 선비도 이제는 그런 학문을 해야 해."

그래서 두이는 하마터면 '아버지가 가지 않는다고 해서, 저라도 보내려 하신 거예요?'라고 물을 뻔했다. 물론 입 밖으로 내놓지는 않았다. 그런데 그런 속마음을 알아차리기라도 한 건지 엄마가 말했다.

"아비가 학문이 높은 스승이자 양반의 피가 흐르는데 네가 무엇이 모자라서 섬에 남아야 하느냐 말이다. 더구나 너는 계집아이도 아니고……."

엄마는 뒷말을 흐렸지만 두이는 얼결에 고개를 끄덕이고 말았다. 이해가 되어서가 아니라 엄마가 어느 때보다 솔직히 말하고 있다는 생각이 들어서였다.

엄마는 그 뒤로는 더 이상 말을 꺼내지 않았다. 다시 엄마를 쳐다보았을 때 눈가에 물기가 잔뜩 묻어 있었는데 그게 눈물인지 빗물인지 확인할 길이 없었다. 엄마는 얼른 그 물기를 닦고 서너 번 깊은숨을 몰아쉬었다. 그런 다음에야 다시 입을 열었다.

"아버지는 역모의 죄를 짓고 이 섬에 왔단다. 어쩌면 그래서 더 돌아가기 두려워하시는지도 모르지……."

순간, 두이는 숨을 멈추었다. 한순간에 몸이 차갑게 식어 가는 느낌이었다.

'역모라니?'

침을 꿀꺽 삼키며 엄마가 한 말을 곱씹었다. 그랬기 때문에 엄마가 그 뒤에 차분하게 이어 간 말은 머릿속에 잘 들어오지 않았다.

숨겨진 편지

두이는 기어코 서안을 밀어 버렸다. 그러는 바람에 읽고 있던 책이 옆으로 떨어져 마루 구석에 처박혔다. 그러거나 말거나 두이는 저편 앞마당과 낮은 담장, 그 너머의 키 큰 나무들과 또 그보다 훨씬 뒤편의 파란 하늘을 차례로 내다보았다.

음죽도에 돌아오던 그제부터 어제까지 강하게 불던 바람도 완연히 잦아들었고 나무와 풀잎의 녹색 빛은 한층 더 짙어졌다.

"후우!"

긴 숨을 내쉬었다. 책을 읽을 마음이 생기지 않았다. 엊그제 참나무 밑에서 엄마가 하던 말이 떠올라 잠시 책을 다잡아 보았지만 그것도 잠깐뿐이었다. 몇 줄 읽고 나면 여지없이 엄마의 말이 생각났다.

'역모라니?'

두이는 얼결에 그 말을 입술로 여짓거렸다. 그러다가 깜짝 놀라서 얼른 목구멍으로 삼켰다. 아무리 지난 일이고 용서를 받았더라도 그 말은 두이에게 너무나 낯설었다.

그 때문에 자꾸만 엄마의 말이 생각났다. 그 참나무 아래서 입을 열듯 말듯 하다가 마지막으로 작심하고 기어코 꺼냈던 말.

"……어쩌면 그래서 더 돌아가기 두려워하시는지도 모르지. 아버지는 그냥 죄인이 아니었단다. 아버지는 정조 대왕이 죽고 어린 새 임금이 등극한 지 채 몇 년이 지나지 않아 역모 사건에 휘말렸어. 그때 수많은 벼슬아치의 목이 달아났지. 네 할아버지와 백부님과 또 서넛의 일가가 목숨을 잃었어. 네 아버지는 가까스로 목숨을 건져 이리로 유배를 왔지. 청나라에 다녀와 그들의 학문을 받아들여 백성을 이롭게 하자는 소를 올렸을 뿐인데 그게 어찌 역모라고……."

그러나 엄마는 더 이상 말을 꺼내지 않고 빗속으로 나섰다.

이틀 동안 엄마의 그 말들만 생각했다.

물론 엄마는 어제저녁 즈음이 되어서야 전날 하지 못했던 말을 꺼냈다.

"…… 두려우실 거야. 용기를 내기 힘들겠지. 그래도 너는 네 갈 길을 가거라. 알았지? 아버지의 길은 아버지의 길이고 네 길은 또 다르니까……."

엄마의 뒷말은 오랜 여운으로 남았다. 그래서였는지 그저 혼란스러웠고 답답했다.

그때 인기척이 들렸다. 두이는 재빨리 일어나 서안을 다시 끌어당겼다. 그리고 얼른 입을 놀렸다.

"자왈, 리인위미 택불처인 언득지(子曰, 里仁爲美 擇不處仁 焉得知)라. 공자께서 말씀하시기를, '인을 고향으로 삼는 것이 좋다. 인에 처하지 않는 쪽을 선택한다면 어떻게 지혜롭다고 할 수 있겠는가'."

그리고 슬쩍 사립문 쪽을 쳐다보았다.

"공자가 역병은 못 잡아간다냐?"

수달이었다. 두이는 휴우 하고 긴 숨을 내쉬고 가슴 앞으로 끌어당겼던 서안을 다시 밀어 놓았다.

"왜? 어제보다 더 심해진 거야? 잡힐 기미가 보이지 않아?"

"그걸 말이라고 해? 어휴! 서생 아니랄까 봐, 아주 깜깜무소식이구나?"

수달이 어깨에 메고 있던 망태기를 땅에 내려놓더니 마루에 걸터앉았다. 그러더니 맨손으로 이마의 땀을 씻었다.

"왜? 더 큰일이라도 났어? 또 사람이 죽은 거야?"

"그래. 어제는 내음죽도에 사는 장 부자 댁 머슴 둘이 죽고, 결국 그 댁 막내아들도 역병이 도졌다 하더라. 그 댁 아주 풍비박산 나게 생겼어."

"큰일이네. 아버지 말로는 곧 잡힐 거라고 하던데……."

"잡히기는! 이제 시작인 거 같던데!"

"정말이야?"

"허허! 정말이냐니? 이렇게 서생 나리는 책만 읽으시니 비루한 백성들의 고충을 어찌 알리오?"

수달이 놀리듯 말했다. 하지만 그 말에 무어라 대꾸할 용기가 없었다. 살짝 미소를 짓는 걸로 봐서 일부러 비웃는 것 같지는 않았다. 수달은 길게 숨을 내쉬었다가 말을 이었다.

"내음죽도는 지금 쑥대밭이야. 그 북적대던 장터랑 포구는 개미 새끼 한 마리 없고 대낮에도 귀신이 나올 것 같다니까! 북적대는 곳이라고는 맹 의원 댁뿐이야. 거길 무슨 임시 활인서*로 정했다지, 아마?"

---

* 조선 시대 빈민 구제 기관.

두이는 침을 꿀꺽 삼켰다. 엊그제 아버지는 내음죽도로 가면서 곧 좋아질 거라 했지만 실제로는 그게 아닌 모양이었다. 아닌 게 아니라 딱히 뭘 아는 게 없어서 수달의 말에 무어라 대꾸하기조차 애매했다. 두이는 그저 고개만 끄덕였다.

"아무튼 난리도 아니야. 어떤 사람들은 산으로 올라가 동굴에 숨었고 어떤 사람들은 몰래 배를 타고 알섬으로 갔다는 소문도 있어. 돈 좀 있는 사람들은 대병도에서 배를 사서 더 멀리 빠져나갔다는 소문도 들리고……."

그 말에 두이는 고개를 돌렸다. 도둑이 제 발 저리는 마음이랄까. 자신도 그러다가 결국 되돌아온 처지라서 공연히 수달에게 미안하기만 했다. 그런데 그걸 수달이 알아챈 걸까. 씩 웃더니 말했다.

"괜찮아. 나라도 그랬을 거야. 하지만 그보다 더 무서운 건……."

갑자기 수달의 얼굴이 어두워졌다. 무슨 말을 할지 두이는 잠자코 기다렸다.

"나라님도 음죽도를 버린다는 소문이 돌고 있어. 그래서 배도 오도 가도 못하게 하고 있잖아. 관찰사가 그리 명을 내렸대. 무엇보다 의원도 보내지 않고 있고. 혹시라도 병을 옮길까 두려워

하는 거지."

"아……."

수달의 말을 듣자마자 얼결에 입을 벌리긴 했지만 말을 잇지
는 못했다. 배에서 사람이 내리지 못하도록 호통을 치던 현감의
목소리가 생생하게 떠올랐다.

"이제 섬에 먹을 것도 떨어져 가고 큰일이야. 오염이 됐을까
봐 마을의 우물도 다 메우고 있고……."

"병자들은? 한번 병에 걸리면 무조건 죽는 건 아닐 거 아니야?"

"그거야 그렇지. 한둘씩은 다시 정신을 차리는 사람도 있대.
아주 드물지만……. 아차! 내 정신 좀 봐!"

수달은 말을 하다가 말고 불현듯 눈을 크게 뜨고 두이를 쳐다
보았다. 두이는 무슨 일일까 싶어 수달의 눈을 마주 보았다. 그
러자마자 수달이 말했다.

"이거……."

수달은 허리춤에서 꼬깃꼬깃 접은 종이쪽지를 꺼내 두이에
게 건네주었다. 두이는 얼른 펼쳐 보았다. 언문(한글)으로 휘갈
겨 쓴 글씨들이 나타났다.

족도리풀, 머위, 후박나무, 돌외, 쥐꼬리망초, 천마, 부처꽃…….

모두 열과 기침, 호흡 곤란과 같은 증상을 다스리는 약초들이 었다.

"이게 뭐지?"

"우리 아버지가 고모님 댁에 갔다가 활인서에 들렀는데 네 아버지가 써 주셨대. 그걸 낱낱이 알고 있는 사람이 의원 나리랑 네 아버지 다음으로는 너뿐일 거래. 집에 있는 것들을 다 모아 오라고 하셨대."

"······?"

두이는 쪽지를 받아 들고 수달을 빤히 쳐다보았다. 그러자 무슨 의미인지 수달은 고개를 끄덕였다.

"이것들이 다 집에 있을까······."

두이는 말을 하다가 말고 멈추었다. 그리고 골방으로 뛰어들어 갔다. 두이는 재빨리 쪽지에 적혀 있는 대로 약장의 문을 하나씩 열었다. 하지만 아무리 들척거려도 없는 게 태반이었다.

"왜? 없어?"

수달이 문밖에서 고개만 빼꼼히 들이밀고 물었다.

"응. 대부분 아버지가 가지고 가신 것 같아."

"어쩌지? 꽤 급하신 것 같았는데······ 내가 가서 캐 올 수도 없고 말야."

그렇게 말하면서 수달은 두이의 눈치를 보았다. 두이는 그게 무슨 뜻인지 알 것 같았다. 하긴 아버지가 두 번이나 집을 다녀갔는데 약초가 없는 것을 모르지는 않을 터였다.

하지만 두이는 외면했다. 발끝이 움찔거렸지만 선뜻 밖으로 나갈 수가 없었다. 엄마의 얼굴이 떠올라서였다. "행여 밖으로 나올 생각 말고 공부만 하거라."

엄마의 말도 기억나서 두이는 딴청을 하면서 공연히 제자리를 맴돌았다. 바깥에서 수달이 두어 번 헛기침을 했다.

일단 두이는 바깥으로 나갔다. 수달은 두이를 빤히 쳐다보았지만 두이는 눈길을 피했다.

시간이 더 지나자 수달이 끄응 소리를 내더니 말했다.

"그럼 그렇게 전할게."

사립문 쪽으로 걸어가는 수달의 어깨가 축 늘어져 보였다. 곧 수달은 오른쪽 돌담을 돌아 모습을 감추었다.

두이는 툇마루에 걸터앉았다. 그리고 자신도 모르게 잔뜩 인상을 찌푸리고 하릴없이 하늘만 쳐다보았다.

한참이 지나서야 수달이 남기고 간 쪽지를 펼쳐 보았다. 그걸로 무얼 할 수도 없는 처지인데 오랫동안 그것을 내려다보았다. 정신없이 약초 이름을 적어 내려갔을 아버지의 얼굴이 자꾸만 눈앞에 어른거렸다. 하지만 그럴 때마다 버릇처럼 고개를 저었다.

한참 뒤에 두이는 다시 마루로 올라와 앉았다. 그리고 서안을 끌어당겨 책을 펼쳤다.

"인심유위 도심유미 유정유일 윤집궐중(人心惟危 道心惟微 惟精惟一 允執厥中)이라. 이는 사람의 마음은 위태롭고 도의 마음은 미미한 것이다. 그러니 정성스럽고 한결같이 진실되게 그 중심을 잡아야 한다 는 뜻이다……."

그러고는 그만이었다. 두이는 더 이상 읽지 못하고 고개를 들었다. 그리고 수달이 사라진 사립문 쪽을 쳐다보았다. 아버지의 얼굴이 또 스쳐 지나가자 몸이 움찔거렸다. 하지만 곧바로 엄마의 얼굴이 떠올라 발끝에 주었던 힘을 풀었다.

다시 수달이 남기고 간 쪽지를 들여다보았다. 하나씩 읽어 내려갔다. 그러자 이번에는 "한 사람이라도 살릴 수 있는 게 진정한 선비의 공부가 아니더냐?"라던 아버지의 말도 떠올랐다.

두이는 벌떡 일어났다. 그리고 마당으로 내려서서 한쪽 벽에 걸어 두었던 망태기를 내렸다. 그 안에 호미와 반달낫을 넣고 재빨리 사립문 밖으로 나갔다. 부지런히 걸었다. 수달이 멀리 못 갔을 거란 생각이 들었다. 두이는 다랑논을 빠르게 지나 음죽산 쪽으로 곧바로 방향을 잡았다. 그런데 다랑논 아래쪽 큰길에서 두 무리의 사람들이 웅성대며 서 있었다.

무슨 일일까 싶어서 한참을 바라보다가 두이는 조금 더 가까이 다가갔다. 가만 보니 양쪽이 맞서서 버티고 있는 모양새였다. 한쪽은 외음죽도 사람들이었다. 작은 고깃배 두 척을 가지고 있는 양 선주 아저씨도 있었고 힘세기로 이름난 털보 장씨 아저씨 그리고 눈에 익은 마을 장정 서넛이 눈에 띄었다.

문제는 이들과 마주 서서 실랑이를 벌이는 사람들이었다. 그들은 모두 내음죽도 쪽에서 오는 사람들 같았는데 열댓 명의 무리는 남녀노소가 고루 섞여 있었다. 그들은 저마다 커다란 보퉁이를 이고 진 채 발을 동동 굴렀다. 어린아이들이 울면서 따랐고 어떤 이는 소를 끌었다. 돼지를 몰고 온 사람도 있었으며 등짐 위에 닭의 다리를 묶은 채 지고 선 청년도 보였다.

'어쩌려는 거지? 이사라도 오는 건가?'

자신도 모르게 되물었다. 그래서 그쪽을 한참 쳐다보고 있는데 문득 뒤편에서 누군가 다가오는 기척이 났다.

"왜 나왔어? 그 망태기는 무엇이고?"

돌아보니 엄마였다. 손에 든 엇가리*에 고춧잎이 잔뜩이었다.

---

* 　농기구의 하나. 대나 채를 엮어서 곡식을 담거나 덮는 데에 쓴다.

"아버지가 약초가 필요하다고 하십니다. 약장을 뒤졌더니 대부분은 남아 있는 게 없고……."

"그래서? 네가 캐러 가기라도 하겠다는 거야? 저 사람들을 보고 나서도 그런 소리가 나와?"

엄마는 날이 선 말투로 다랑논 아래를 가리키며 말했다.

"저들은 어찌……?"

"내음죽도 사람들이야. 아직 역병에 걸리지 않은 사람들은 외음죽도로 이주하라고 했다는구나. 그런데 외음죽도 사람들이 들여보내질 않으려는 거야."

"네?"

"내음죽도에 퍼진 역병이 외음죽도까지 퍼질까 두려운 게지."

"……."

"역병이 사람도, 마을도 갈기갈기 찢어 놓는구나. 넌 어서 들어가거라!"

엄마는 사람들의 무리를 바라보며 말했다. 그리고 두이의 어깨를 슬쩍 밀었다. 그 바람에 두이는 집이 있는 쪽으로 두어 걸음 물러났다.

하지만 두이는 곧바로 걸음을 멈추었다.

"하지만 엄마, 지금 아버지께서는······."

두이는 용기를 내서 입을 열었다. 하지만 채 말을 마치지도 못했다. 엄마가 말을 끊었기 때문이었다.

"무슨 말을 하려는지 안다. 하지만 위험할 때는 잠시 몸을 사리고 훗날을 도모할 줄 알아야지. 네가 아니면 그 일을 할 사람이 없겠어? 공연히 빙충맞은 짓 하지 말고 어서 집으로 돌아가 네 할 일을 해. 아버지가 다 알아서 하실 거야."

그 말에 더는 무어라 대꾸할 수가 없었다. 두이는 뒤를 돌아 천천히 걸었다. 뒤에서 엄마가 따라왔다. 집 문 앞에 이르는 동안 몇 번이나 뒤를 돌아볼 뻔했지만 참았다.

집으로 돌아오긴 했지만 책장이 쉽게 넘어가지 않았다. 글 한 줄 읽는 데 한 시진은 더 걸리는 기분이었다. 어찌어찌 한 장을 넘겼다가도 방금 전 읽은 게 기억이 나지 않아 앞장을 더듬었다. 자신도 모르게 자꾸만 한숨만 나왔다. 이러다가 속병이라도 걸리겠구나 싶은 생각이 들어 혼자 피식 웃었다. 그러자 툇마루 끝에 앉아 있던 엄마가 두이를 쳐다보았다. 그 바람에 눈이 마주쳤고 두이는 다시 억지로 책을 읽었다.

머릿속에는 들어오지 않지만 입이 움직이자 소리가 절로

나왔다. 책장을 한 장 넘기고 또 넘겼다. 바깥 저 멀리서 누군가 외치는 소리가 들리기도 했고 마을 사람 몇이 지나는 소리도 들렸다. 그래도 돌아보지 않고 책만 읽었다. 입에 침이 마르고 다리도 조금씩 아파 왔지만 쉬지 않았다. 땅거미가 내려앉기 시작할 때까지도 멈추지 않았다. 두이는 머릿속에는 들어가지도 않는 책을 자꾸만 읽어 댔다. 물론 머릿속에 남는 건 아무것도 없었다. 그러는 동안 엄마는 부엌과 마당의 우물가를 부지런히 오갔다.

어느새 책의 글자들이 잘 보이지 않았다. 그즈음에서야 두이는 서안을 물렸다. 그리고 무릎걸음으로 마루 구석으로 갔다. 쌓아 놓은 책 옆에 있는 호롱불에 불을 붙이고 일어났다. 하지만 무릎을 펴기도 전에 두이는 다시 그 자리에 주저앉았다. 가지런히 쌓인 책 속 틈에 삐죽이 나온 흰 종이가 눈에 띄었기 때문이었다.

두이는 머뭇거리다가 그것을 꺼냈다. 봉투에 담긴 서찰이었다. 무심코 열어서 펴 보니 아버지의 이름이 첫머리에 써 있었다. 그래서 다시 덮을까 하여 펼쳤던 종이를 접으려는데 '……이제 역모의 누명을 벗었으니 지체 없이 한양으로 돌아와 벼슬에 나갈 차비를 하고 무고하게 돌아가신 종친들의 한을 위로함이 마땅한 일이네'라는 글귀가 한눈에 들어왔다.

그래서 두이는 아버지가 들이닥칠 일이 없는데도 마당 저편을 힐끗 쳐다본 다음 몇 줄을 더 읽었다.

…… 허나 아직도 종친의 부름을 마다하고 초야에 묻혀 야인 생활이나 흉내를 내고 있으니 통탄할 일이 아니겠는가?

더구나 일전에 내게 보낸 서찰에서 "입으로는 백성을 외치나 실상은 제 영달에만 매진하는 자는 선비가 아니며 벼슬아치의 도리도 아닙니다. 저는 비록 벼슬에 나가지 못하더라도 땅끝의 백성 하나라도 살피는 선비가 되고자 합니다. 그것이 제가 연암* 선생께 배운 바이며 청나라를 오가며 생각한 것입니다. 그 생각을 품는 게 역모라면 백 번이고 역모해야만 하지 않겠습니까. 조선은 이제 유학을 논할 때가 아니라 백성의 먹고사는 일에 필요한 학문을 함이 마땅하고 생각합니다. 따라서 백성과 거리를 두고 공허하게 '자왈!'이라 외칠 게 아니라 선비라 할지라도 스스로 논밭에 나가 농사가 되는 이치를 배워야 그들에게 도움을 줄 수 있습니다. 배운 자가 무지한 백성을 일깨우고 함

---

* 조선 후기의 실학자 박지원의 호.

께 삶을 도모하는 것이야말로……"라고 운운하였는데 이 어찌 해괴하지 않겠는가? 무릇 선비란 학문을 쌓고 입신양명하여 가문을 빛내야 그 도리를 다하는 것이라네. 한낱 백성은 벼슬 아치를 잘 섬기고 주는 대로만 먹고 시키는 일만 하면 되는 것이지 양반이 걱정할 일은 아니라네…….

그즈음에서 두이는 서찰을 접어 다시 봉투에 넣었다. 그리고 무릎걸음으로 서안 앞에 돌아와 앉았다.

당숙 어른도 아버지에게 비슷한 말을 했었다. 무엇이 모자라 이런 섬에 처박혀 있느냐는 말부터 시급히 한양으로 돌아가 지난 일의 억울함을 풀자는 이야기 등등. 그 때문에 더 이상 책을 읽지 못했다. 시선만 책에 떨어뜨린 채 한숨만 연거푸 내쉬었다. 그리고 그때 엄마가 소반을 들고 마루에 올라섰다.

"어찌 책 읽는 소리가 멈추었느냐?"

그렇게 말하며 엄마가 이맛살을 찌푸렸다. 두이를 감싸 안고 있다가 마을 사람들이 던진 돌에 맞은 상처 자국이 여전히 붉었다.

떠도는 횃불

꿈에 사모관대[*]를 입은 아버지를 보았다. 청색 비단으로 지은 관복을 입고 널따란 관아의 대청에 앉아 있는 모습이었다. 직급이 낮은 벼슬아치들과 백성들이 머리를 조아리고 그 앞을 지났다. 이따금 아버지는 무어라 큰 소리로 하명(下命)^{**}하곤 했는데 그럴 때마다 옆에서 열을 지어 서 있던 병졸들이 깍듯이 고개를 숙이며 모였다가 흩어지곤 했다. 두이는 그 생경한 모습을 가만히 지켜보기만 했다.

---

* 옛날 벼슬아치들이 입던 관복과 모자.
** 명령을 내리는 일.

얼마나 시간이 흘렀을까. 이번에는 아버지가 입고 있던 사모관대를 두이가 입고 있었다. 어찌 된 일인가 싶어서 두리번거리는데 사람들이 절을 하며 지나갔다. 아까 그 병졸들이 두이 옆에 늘어섰고 허리를 숙인 채 명을 기다렸다. 그런데 어디선가 아버지가 나타났다. 번쩍이던 사모관대 대신 촌부(村夫)의 누더기를 입고 다가와 소리를 질렀다.

네 이놈! 여기서 뭘 하는 것이냐?

그 목소리가 너무나 커서 두이는 깜짝 놀라 눈을 떴다. 동시에 또 다른 목소리가 문밖에서 들렸다.

"참봉 댁 애기씨, 얼른 나오세요. 두이야, 어서!"

생시의 목소리인지 또 다른 꿈을 꾸고 있는지 잠깐 동안은 판단을 하지 못했다. 늦도록 잠을 이루지 못하다가 겨우 잠든 탓이었다. 그래서 눈을 뜨지 못하고 뒤척이기만 하는데 목소리가 한 번 더 들렸다.

"두이야! 어서 나와! 두이야!"

수달의 목소리였다. 그 바람에 두이는 얼른 눈을 떴다. 뜻밖에도 방 바깥이 횃불 그림자로 붉게 일렁거렸다. 깜짝 놀라서 얼른 일어났다.

"애기씨, 얼른 나와 보세요."

처음 들렸던 목소리가 또 들렸다. 수달의 엄마였다. 수달의 엄마는 두이 엄마를 예전부터 참봉 댁 애기씨라 불렀다.

문을 열고 나서자 수달이 덩덕새머리를 한 채 한 손에 횃불을 들고 서 있었다. 그 옆에는 수달의 엄마가 발을 동동 구르며 어서 나오라고 손짓을 해 댔다. 한 걸음 먼저 튀어나온 엄마가 두이의 어깨를 감싸 안았다.

"무슨 일이에요, 언니?"

엄마가 말했다. 수달이네 엄마가 열 살이나 더 많아서 엄마가 어릴 때부터 그리 부르며 따랐다고 했다.

"얼른 피해 있으라고 했어요. 수돌이 아버지가 그리 말하고 뛰어나갔어요."

수달의 엄마가 숨이 넘어갈 듯 말했다. 다짜고짜 손을 잡아챘다. 그 바람에 예닐곱 걸음 끌려갔다. 그러는 사이에 수달이 말했다.

"내음죽도 사람들이 외음죽도 사람들 요절을 내겠다며 미쳐 돌아다닌대."

"밑도 끝도 없이 그게 무슨 말이야?"

"그러니까 내 말은 내음죽도 사람들이 역병 피한다고 외음죽도에 왔잖아. 그런데 우리 마을 어른들은 혹시 무슨 일이 있을까 싶어 그 사람들을 한곳에 수용하고 감시하기로 했대. 누군가 한 사람이라도 역병에 걸렸다면 외음죽도까지 남아나지 않을 테니까 말야. 그래서 처음엔 내음죽도 사람들도 그러기로 했는데 몇몇 사람들이 불만을 품고 돌아다니다가 외음죽도 어른들이랑 시비가 붙었고 그 사이에 또 다른 내음죽도 사람들이 몰래 숨어들어서 여기저기 흩어지고 또 우리 마을 어른들이 찾아다니며 나가라고 역정을 내고……."

수달이 숨도 쉬지 않고 말했다. 대충은 이해가 되었다. 그러자마자 바로 어제 다랑논 아래 큰길에서 보았던 장면이 떠올랐다. 피난해 온 내음죽도 사람들과 그들을 막아섰던 외음죽도 어른들 모습. 잠이 덜 깬 탓인지 생생하게 와 닿지는 않았지만 다급한 느낌은 들었다.

걸으면서 수달의 엄마가 한마디 더 보탰다.

"애기씨, 그 왜 내음죽도 강 선주 밑에서 배도 타고 머슴질하던 방씨 있잖아요. 힘이 장사라고…… 그이가 외음죽도를 죄다 불태워 버리겠다고 지금 미쳐서 설치고 다닌답니다. 그래서 우리 수돌이 아버지가 움막에 잠시 피해 있으라고 했어요."

그러고 보니 수달은 횃불을 들고 돌움막 쪽 언덕으로 올라가고 있었다. 태풍이 심하게 불어올 때 임시로 피해 있기 위해 마을 사람 몇몇이 함께 지은 움막은 땅을 파고 돌로 쌓아 웬만한 바람에도 흔들리지 않았고 대숲에 가려져 있어 이웃 마을 사람들도 잘 찾지 못하는 곳이었다.

그런데 그때 수달의 엄마가 소리쳤다.

"저, 저기 좀 봐요!"

그 말과 동시에 해안 쪽 언덕을 쳐다보았다. 거기에 작은 불빛 하나가 움직였다. 어찌 보면 도깨비불이 돌아다니는 것 같기도 했다. 게다가 하나가 아니었다. 도깨비불은 그 뒤로 두어 개가 더 나타났고 앞선 도깨비불을 쫓았다. 그러는가 싶더니 비명인지 고함인지 알 수 없는 소리가 메아리처럼 들렸다. 그것도 한 번이 아니라 연이어 세 차례나 고요하던 밤하늘을 휘저어 놓았다.

"이러다가 뭔 일 나는 거 아니야?"

수달이 혼잣말하듯 중얼거렸다. 그 바람에 두이는 어깨가 으스스 떨렸다. 하지만 아무도 수달의 말에 대꾸하지 않았다.

횃불은 한동안 더 일렁이다가 사라졌다. 그런 뒤에도 조금 더 사방을 두리번거리다가 엄마와 수달의 엄마가 움막 안으로 들어갔다. 두이도 수달을 앞세워 움막 안으로 발을 들여놓았다.

"휴! 도대체 세상이 어찌 되려는지, 원……."

수달의 엄마가 한숨을 내쉬며 주저앉았다. 그 말에 아무도 대꾸하지 않았다. 엄마를 힐끗 쳐다보았지만 가칫한 엄마의 얼굴에는 조금의 변화도 없었다.

한동안 아무 말도 하지 않았다. 수달은 주저앉더니 금세 졸았고 수달의 엄마는 연신 한숨을 내쉬었다. 엄마는 여전히 수심이 가득한 표정이었다. 천천히 눈을 깜빡이며 천장을 가로지른 널돌을 무심히 쳐다보기만 했다.

'세상이 어찌 되려는지' 하던 수달의 엄마의 말이 오래도록 귓가에 맴돌았다.

수달이 들고 왔던 횃불이 조금씩 꺼져 갔다. 벽에 기댄 엄마의 얼굴이 조금씩 어두워졌다. 반대편 벽에 비스듬히 누운 수달의 코 고는 소리가 점점 커지고 있었다.

그즈음 대나무 울음소리가 들렸다.

쉬이이이 이잇.

을씨년스러웠다. 여름 초엽이라 춥지는 않았지만 그 소리 때문인지 뒷목이 서늘했다. 그걸 알아챘던지 엄마가 얼른 어깨를 안아 주었다. 두이는 어리광 부리듯 엄마의 품으로 몸을 쓰러뜨렸다. 그리고 눈을 감은 뒤 낮고 차분하게 숨을 쉬었다. 제멋대로 불뚝불뚝 뛰던 심장도 고르게 뛰기 시작했고 난잡하던 머릿속의 온갖 생각들도 조금씩 잦아들었다.

　얼마나 시간이 지났을까.

　바깥에서 인기척이 들렸다. 움막 안으로 빛이 새어 들어왔다. 누가 먼저랄 것도 없이 엄마와 수달의 엄마가 동시에 일어났다. 그리고 움막 바깥으로 나갔다. 두이는 수달을 깨워 엄마를 따라 나갔다.

　바깥에는 수달의 아버지와 동네 청년 두 명이 함께 횃불을 들고 서 있었다.

　"어서 집으로 돌아가세요. 놀라셨겠습니다, 애기씨."

　"휴! 내음죽도나 외음죽도나 한마을 사람인데 이게 무슨 난리란 말이에요?"

　수달의 아버지는 엄마를 향해 말했는데 수달의 엄마가 나서서 투정하듯 대꾸했다. 그런 다음에야 엄마가 조심스레 물었다.

　"다들 무사한 건가요?"

　"네. 이젠 괜찮습니다. 염려하지 마시고요."

　그 말에 엄마는 수달의 아버지에게 고개를 살짝 숙여 보이고 언덕 아래쪽으로 한 걸음 내려디뎠다. 무슨 일이냐고 물어볼 만도 한데 엄마는 무심한 듯 걸음을 옮길 뿐이었다. 두이는 엄마의 뒤를 바짝 쫓았다. 등 뒤에서 무슨 일이냐고 묻는 수달의 엄마에게 수달의 아버지가 "내읍죽도 청년 하나가 어찌 사람의 정이 그러느냐고 살려고 피난 온 사람을 역병 환자 취급하면 어쩌냐고, 이럴 거면 외읍죽도 마을에 불이라도 싸질러 버리겠다며 모두 함께 죽자면서 횡포를……"이라고 답해 주는 말이 쫓아오다가 사그라졌다. 그 대신 바다 내음을 잔뜩 머금은 바람이 등을 밀어 댔다. 그 때문에 발뒤꿈치가 간질간질했다.

"어서 들어가 자거라. 일찍 일어나고."

집으로 들어서자마자 엄마가 말했다. 그러고는 우물가에 주저앉았다.

일단 두이는 방으로 들어왔다. 그리고 둘둘 말린 이불을 바로 펴고 누웠다. 잠시 후에 엄마가 얼굴을 씻는 소리가 들렸다.

두이는 눈을 감았지만 잠이 오지 않았다. 아버지 생각이 났고 어제 외읍죽도 사람들과 내읍죽도 사람들이 마주 서 있던 장면도 떠올랐다. 방금 전 해안 쪽을 휘젓던 도깨비불도 떠올랐다. 수달의 엄마 목소리가 다시금 귓가에 생생하게 되살아나기도 했다. 그러는 동안 동녘 창이 뿌옇게 밝아 왔다. 어느새 두이는 주먹을 꼭 쥐고 있었고 어금니를 꽉 물었다.

두이는 일어났다. 잠이 모자랐지만 몸이 무겁지는 않았다. 마치 그래야만 한다는 듯 옷을 주섬주섬 걸쳐 입고 엄마 몰래 부엌으로 가서 어제 먹다 남겨 놓은 토란을 망태기에 넣었다. 그런 다음 반달낫을 챙겨 집을 나섰다.

그리고 곧바로 산비탈을 올랐다. 마음이 급해서 걷다가 뛰기를 반복했다. 그러다가 돌움막을 지날 때쯤 뒤를 돌아 바다 쪽을 바라보았다. 안개가 짙지 않아서 바다와 땅의 경계는 구분할수 있었다. 두이는 이리저리 돌아보며 지난밤 횃불이 떠돌던 곳이 저 아래쪽 어디쯤일 것이라고 넘겨짚었다. 그런 다음 다시몸을 돌렸다. 안개는 산쪽이 조금 더 짙었다. 산길을 헤치며 아버지가 써 주었다는 쪽지를 몇 번이나 다시 펴 보았다.

족도리풀, 머위, 후박나무, 돌외, 쥐꼬리망초, 천마, 부처꽃……

약초 이름을 하나씩 되새기고 앞으로 나아갔다. 그러면서 생각했다. '아버지가 적어 준 약초들은 대체로 조금은 독한 편에 든다. 그것들은 대부분 그늘지고 습한 곳에서 자라는 것들이야. 이것들을 캐내려면 우선 음죽산 골짜기 안쪽으로 들어갔다가 다시 대나무가 우거진 능선을 따라 해안가로 내려오는 게 좋을 거야. 해안가에 자라는 갯방풍을 구하려면 그게 낫겠지?'

그래서 두이는 산속으로 들어가는 오솔길을 버리고 사람이 지나다닌 흔적이 거의 없는 계곡을 따라 산 위쪽으로 향했다. 길이 나 있지 않으므로 수풀을 헤치며 바위를 돌아 힘겹게 걸었다. 때로 이름 모를 덩굴이 발목을 붙잡았고 늘어진 나뭇가지들이 목을 휘감기도 했다. 자꾸만 생각보다 몸이 앞서는 바람에 여러 번 발을 헛딛기도 했다.

그래도 사방을 돌아보면서 아버지가 써 준 약초들을 찾았다. 바쁠수록 찬찬히 돌아보아야 약초가 눈에 잘 띌 거라는 아버지의 말이 생각났지만 잘 되지 않았다. 어느새 자신도 모르게 놀란 날짐승처럼 고개를 이리저리 돌리곤 했다.

그 탓에 한참 시간이 지난 뒤에야 계곡 습지에 허벅지 높이로 자란 부처꽃을 발견했다. 그것을 캐내 망태기에 넣고 보니 저 아래쪽에도 부처꽃 무리가 자라 있는 게 보였다. 안 되겠다 싶어서 두이는 자신을 토닥이며 아버지의 말을 떠올렸다.

'눈만 바쁘면 발아래에 약초를 두고도 못 찾는단다.'

두이는 가슴을 쓸어내리고 다시 산을 올랐다.

곧 빼곡한 나무가 만든 그늘에서 족도리풀과 기침을 멎게 하는 머위를 찾아 뿌리를 캐냈다. 금세 반나절이 지나갔다. 그때쯤 두이는 다시 산을 옆으로 돌아 내음죽도 쪽 방향으로 걸었다.

한참을 걸었더니 허기가 졌고 다리가 후들거렸다.

그제야 '꽤나 서둘렀구나!' 싶은 생각이 들었다. 아침나절만 해도 짙었던 안개가 사라지고 파란 바다가 눈앞에 펼쳐져 있었다. 두이는 망태기 안에서 토란을 꺼내 한입 베어 물고 내음죽도 쪽을 바라보았다.

'조금만 기다리세요.'

자신도 모르게 중얼거렸다. 그러자마자 아버지의 얼굴이 떠올랐고, 뒤미처 책 속에 들어 있던 서찰의 내용이 다시 생각났다.

……또 자네가 말하기를, "제가 청나라에 들어가 보았는데 청나라가 그토록 강대함을 이제야 알겠습니다. 선비라 하여 방구들을 깔고 앉아 허세를 부리는 것이 아니라, 한 톨 낟알이라도 더 생산하기 위해 농부와 마주 앉아 기후와 땅을 살피고 수차와 같은 기계를 만들어 물길을 바꾸려 애를 쓰더이다. 백성에게 편리한 물건을 만드는 일이라면 무엇이든 머리를 싸매고 함께 연구합니다. 길을 넓히고 수레를 개발하여 온 세상의 물건이 어디든 고루 통하게 하니 돈이 돌아 백성들 모두 주머니가 넉넉한 것을 보았습니다. 그뿐만 아니라 서양의 문물을 익히고 그 나라에 맞게 사용하니 그 또한 요긴하게 쓰여 백성들에게

매우 유익해 보였습니다"라고 하였는데 이 어찌 공부에 매진하여 덕을 쌓는 선비의 도리라 할 것인가. 게다가 이는 선왕이신 정조 대왕 때나 있었던 일 아닌가. 허나 지금은 세상이 달라졌다네. 그때 실학이라 하여 선왕을 따르던 무리들은 모두 자취를 감추었고 그런 생각 자체가 국왕의 심기를 흐려 놓는 길임을 왜 모르는가? 어서 자네도 유학의 본뜻을 깨닫고……

그때 두이는 비로소 알았다. 아버지가 청나라까지 다녀와서 청나라 말을 통변하게 되었다는 것을. 어쩌면 역모도 이와 관련된 것이 아닐까 하는 생각이 들었다.

그래서 문득 자신도 모르게 중얼거렸다.

'아버지는 정말 무엇을 하고 싶었던 것일까?'

하지만 두이는 금세 고개를 저었다. 생각한다고 답이 나올 것 같지가 않아서였다.

"컥컥!"

급히 토란을 먹은 탓인지 목이 메었다. 두이는 가슴을 탁탁 두드렸다. 그 덕분에 조금은 숨통이 트였지만 가슴은 여전히 답답했다. 안 되겠다 싶어서 두이는 일어나 두리번거렸다. 그리고 언덕 아래쪽을 살펴보았다. 아버지와 이쪽을 오갔던 기억이 맞다면 부근에 샘물쯤은 있을 것 같았다. 두이는 대숲을 향해 아래로 내려갔다.

그런데 머리 높이보다 훨씬 웃자란 대숲 한가운데에 들어왔을 때 두이는 울음소리를 들었다.

휘이이잉 쉬싯!

그 바람에 깜짝 놀라 걸음을 멈추었다. 두이는 귀를 쫑긋 세웠다. 틀림없이 대나무의 울음소리와 사람의 울음소리가 섞여 있었다. '아닐 거야'라고 머리를 저으면서도 살짝 겁이 났다. 대낮이었지만 인적이 없는 산속에서 울음소리라니. 대나무만 울어도 오싹할 텐데 사연이 절절하게 배인 통곡마저 들려오고 있지 않은가.

두이는 떨리는 두 다리에 가까스로 힘을 주고 찬찬히 걸음을 옮겼다. 하필이면 그때 바람이 조금 더 세게 불었다. 그 탓에 대나무가 더 큰 소리를 내며 울었고 여지없이 그 곡(哭)이 어우러졌다. 두이는 침을 꼴깍 삼키고 조금씩 대숲 저편으로 나아갔다.

아!

환청이 아니었다. 대숲을 다 벗어났을 때 뜻밖에 저편에 사람들이 있었다. 그들이 흐느끼고 있었다.

불타는 마을

가장 먼저 눈에 띈 사람은 알록달록한 무복*을 입은 무녀였다. 빨간 꽃으로 장식한 고깔모자를 쓴 무녀가 언덕 끝에 차려진 제사상 앞에서 경중경중 뛰고 있었다. 그 너머에 음죽도의 남쪽 바다가 한눈에 내려다보였다.

무녀는 한 손에는 부채를 든 채 연신 무어라고 중얼거렸다. 소리를 높여 바다 쪽을 향해 뜻을 알 수 없는 말을 외치다가 제자리에서 맴을 돌기도 했다. 잠시 후에는 방울을 들고 흔들어 댔다. 방울 소리가 따갑게 귀를 울렸다. 그러다 한순간 딱 멈추

---

* 무속인이 입는 옷.

었다. 무녀는 곧바로 제사상 앞으로 다가가 공손히 두 손을 모았다. 그 바람에 사위가 고요해졌다.

그제야 비로소 다른 사람들이 보였다. 제사상 양옆에 각각 대여섯 명의 사람들이 모두 희디흰 무명옷을 입고 무녀를 따라서 연신 제사상에 절을 해 댔다. 잠시 후 사람들이 마른 곡소리를 냈다. 내음죽도 사람들이 틀림없었다.

"어서어서 노여움을 거두시고 역병을 물리쳐 주시옵고 서양 귀신을 데려가소서. 영험하신 용왕님께 비나이다."

무녀는 뛰다가 멈추고서 두 손을 들어 허공에 대고 싹싹 빌었다. 그리고 숨찬 목소리로 외쳤고 또 뛰었다. 그럴 때마다 주위에 둘러선 사람들은 무녀의 주문을 따라 하면서 연신 곡소리를 냈다. 그 소리는 대숲의 울음에 섞여 기괴하게 들렸다. 어찌 들으면 우는 것 같았지만 귀를 세우면 깊은 밤에 들짐승이 울부짖는 소리로 들렸다. 그 바람에 다시 온몸에 소름이 돋았다.

제(祭)는 쉽게 끝날 것 같지 않았다. 두이는 무섬증이 들어서 얼른 대숲을 벗어나고 싶었다. 두이는 어금니를 꽉 깨물고 다리를 움직였다. 하지만 쉽게 발걸음이 떼어지지 않았다.

한참 만에 겨우 뒷걸음질을 치는데 문득 무녀가 제사상 한쪽 옆에 묶여 있던 닭을 붙잡는 광경이 눈에 들어왔다. 그 바람에 두이는 걸음을 멈추고 말았다. 고개를 돌리고 싶은데 이상하게 시선이 그편에 머물러 떨어지지 않았다.

무녀에게 날개를 붙잡힌 닭은 연신 꼬꼬댁 소리를 내며 요란을 떨었다. 그런데 뭘 하려는 건지 무녀는 문득 제사상 아래에서 칼을 꺼내 들었다. 동시에 칼날에서 반사된 빛이 이쪽으로 비수처럼 날아왔다. 바로 그 순간, 목을 베이는 환상이 스쳐갔다. 그 바람에 반사된 빛이 이쪽으로 비수처럼 날아왔다. 그 바람에 두이는 숨을 탁 멈춘 채 주저앉고 말았다.

잠깐 사이, 무녀는 칼을 들어 단숨에 닭의 목을 땄다. 동시에 피가 솟아올랐고 무녀의 손과 얼굴에 튀었다.

"헉!"

두이는 옴씰했다. 자신도 모르게 입을 틀어막으며 주저앉고 말았다. 하지만 더 섬뜩한 광경은 그다음에 펼쳐졌다. 무녀가 손에 잔뜩 닭 피를 묻혀 사람들의 얼굴에 바르기 시작했다. 여자들과 아이들은 기겁하며 물러섰다. 그러자 무녀가 나무라듯 말했다.

"역병에 들어 시름시름 앓다가 죽고 싶어? 어서 얼굴 내밀어! 밤새 사당에 모신 장군님의 정기를 듬뿍 받은 신성한 피야. 뉘 앞에서 얼굴을 찡그리는 것이야?"

그러자 남자들이 아낙들을 떠밀었다. 어쩔 수 없었던지 아낙들이 먼저 앞으로 나섰고, 아이들은 남자들이 붙잡고 닭 피를 발랐다. 얼굴에 피를 묻힌 한 여자아이가 요란스럽게 울어 댔다.

"이 신성한 피가 역신을 막아 줄 테니, 그리 알고 하루가 지나기 전에는 절대 씻어 내면 안 돼. 알았지?"

무녀가 다시 호통을 쳤다. 그러자 사람들이 마지못해 한둘씩 고개를 끄덕였다.

그런데 무녀는 거기서 그치지 않았다. 닭 피를 얼굴에 바른 다음 죽은 닭의 모가지를 쥐어짜 내듯 하며 사람들의 몸에도 피를 묻혔다. 그들이 입고 있던 흰옷은 금세 핏물로 얼룩졌다.

"으으으윽!"

두이는 자신도 모르게 신음을 뱉어 냈다. 구역질이 날 것만 같았다. 그 때문에 두이는 숨을 여러 번 몰아쉬어야 했다.

잠시 후 사람들에게 닭 피를 모두 바른 무녀가 다시 제사상 앞으로 돌아와 또 뛰며 주문을 외기 시작했다. 두이는 숨죽여 지켜보다가 겨우 한 걸음 물러났다. 무녀가 굿을 하는 모습을 몇 번 본 적은 있지만 지금 눈앞에서 본 광경은 너무나도 기괴하고 무서웠다.

'어쩌자고 닭 피를……'

두이는 중얼거리면서 뒤로 자꾸만 물러났다. 그리고 어느 정도 숲에 들어섰을 때 뒤를 돌아 달리기 시작했다. 자꾸만 닭 피를 바른 무당의 얼굴이 생각났다. 그 모습이 귀신처럼 보여서 등골이 오싹했다. 두이는 그 귀신이 뒤를 쫓는 것 같아서 쉬지 않고 달렸다.

몇 번은 넘어지고 나뭇가지에 옷이 걸려 찢어지고 또 돌부리에 걸리기도 했다. 그런데도 거침없이 달리다 보니 붉은 소나무 숲이 나오고 벼룻길이 나타났다. 그리고 곧 해안이었다.

두이는 그제야 걸음을 멈추고 한참 동안 숨을 골랐다. 아버지와 다녀 본 기억이 나서 낯설지가 않았고 대략 어디쯤인지 알 것 같았다.

"후-우!"

여러 번 숨을 길게 몰아쉬었다. 한바탕 끔찍한 악몽에 시달리고 깨어난 기분이었다. 그래서 두이는 방금 전 보았던 장면들이 떨어져 나가도록 자꾸만 머리를 세차게 흔들어 댔다.

어느 정도 무섬증이 가시고 난 뒤에야 두이는 해안을 따라 걸었다. 거칠어졌던 숨이 평소대로 돌아왔지만 심장은 여전히 두근댔다. 어진혼 나간 사람처럼 자주 뒤를 돌아보았다. 왠지 핏물이 번진 흰옷을 입은 사람들이 따라오고 있는 것만 같았다.

몇 번이나 뒤를 확인한 뒤에야 두이는 차분히 걷기 시작했다.

바위투성이 해안길을 벗어나고, 곧 칠면초가 자란 갯벌을 지났다. 그러고 나서야 꽤 넓은 모래사장이 나타났다. '갯방풍은 바닷가 모래밭에서 주로 잘 자란다'고 했던 아버지의 말이 떠올랐다. 두이는 해송이 줄지어 자라 있는 모랫길로 걸었다. 해송 사이사이에 이름 모를 풀과 관목들이 드문드문 자라 있었다. 음죽도에 널따란 백사장이 있는 해변은 이곳뿐이라서 두이는 땅바닥에 시선을 박은 채 걸었다. 아래만 보다가 늘어진 나뭇가지에 얼굴이 쓸리기도 했다.

다행히 갯방풍은 다른 곳보다 해송이 촘촘하게 자란 그늘에 무리를 지어 퍼져 있었다. 마침 흰 꽃들이 불꽃 모양처럼 가지마다 피어나서 알아보기 어렵지 않았다. 두이는 잘 자란 갯방풍을 골라 뿌리를 캐서 정신없이 망태기에 주워 담았다. 그런 다음 지체 없이 내음죽도 쪽의 방향을 가늠했다. 그리고 아까보다 더 빠른 걸음으로 걷기 시작했다.

부지런히 걸어서 노루재에 오르니 내음죽도 사람들의 절반이 넘게 사는 해넘이 마을이 한눈에 내려다보였다. 보통은 해넘이 마을의 북서쪽 끄트머리에 자리 잡은 음죽도 포구까지 얼핏 보였지만 오늘은 그곳까지 보이지는 않았다. 군데군데에서 피어오르는 연기 때문이었다. 어느 쪽의 연기는 가늘고 희었으며 또 한편에서는 검은 연기가 거칠게 피어올랐다. 그래서인지 몰라도 자초지종도 모른 채 가슴이 두근거렸다.

두이는 걸음을 더 재게 놀렸다. 그리고 뛰다시피 한달음에 노루재를 내려갔다. 어느새 녹색 이파리가 촘촘해진 상수리나무가 길옆으로 연이어 늘어선 길을 지났다.

그리고 또 얼마를 더 걸었을까.

내음죽도 안쪽으로 휘어지는 길로 들어설 무렵, 그쪽에서 한 무리의 사람들이 걸어오고 있었다. 어제 집 앞에서 마주쳤던 사람들처럼 저마다 가재도구를 이고 진 채 종종걸음으로 다가와 두이의 옆을 지나쳐 갔다. 모두들 도적떼라도 되는 듯 천 쪼가리로 입과 코를 가리고 있었다. 종종 얼굴을 가리지 않은 사람도 눈에 띄었는데 그들은 하나같이 얼굴에 검붉은 칠을 하고 있었다. 그 때문에 두이는 방금 전 산속에서 보았던 무녀가 생각났다.

일부러 거리를 두고 멀리서 바라보기만 했다.

다시 걸었다. 마을 쪽으로 다가갈수록 연기는 짙어졌다. 무엇이 불타고 있는 것일까 궁금했는데 가장 먼저 눈에 띈 것은 집이었다. 이곳저곳의 집들이 불타고 있었다. 하지만 두이는 그보다 더 끔찍한 광경을 보고 말았다.

아까와는 다른 무리의 사람들이 이편으로 다가왔다. 그들은 두 대의 수레를 끌고 있었다. 그 때문에 두이는 잠시 길가로 물러서 지켜보았다. 수레 위에 무엇이 실려 있는지 거적이 덮여 있었다. 그쯤에서 고개를 돌려야 했는데 두이는 수레 끄트머리까지 쓱 훑어보고 말았다. 그리고 거적 바깥으로 비어져 나온 새까만 사람의 발을 보았다. 하나도 아니고 열댓 개가 넘었다. 그제야 두이는 그것이 시신임을 직감했다.

"우욱!"

두이는 자신도 모르게 구역질을 했다. 시신을 보기는 처음이었다. 아까 먹은 토란이 목구멍을 타고 넘어왔다. 심장까지 벌렁거려서 두이는 한참 동안 길가에 주저앉아 일어나지 못했다.

아랫도리에 힘이 빠져서 꽤 시간이 지나서야 두이는 일어났다. 더구나 내음죽도 안쪽에서 아까보다 더 새까만 연기가 피어오르는 게 보였다. 불안한 생각 때문에라도 더 오래 앉아 있을 수가 없었다.

두이는 발바닥이 따끔거렸지만 참고 걸었다. 그리고 오래지 않아 내음죽도의 안마을이 보였다. 연기 틈새로 초가지붕들이

가깝게 눈에 들어왔다. 그러나 돌담이 이어진 마을을 지나는 동
안 더 이상 사람을 마주치지는 못했다. 한차례 태풍이라도 휩쓸
고 지난 것처럼 마을은 쑥대밭이었다.

　일단 두이는 기억을 더듬어 맹 의원 댁 쪽으로 향했다. 약초
를 가지고 아버지와 몇 번은 온 적이 있었다.

　하지만 거기까지였다. 더 이상 안으로 들어갈 수가 없었다.
목책이 길을 막고 있었으며 그 주위를 창을 든 병졸 둘이 지키
고 있었다. 더구나 그 두 사람도 코 아래쪽을 두꺼운 천으로 가
렸고 이마는 붉은 칠을 하고 있어서 조금 무서워 보였다.

　"어딜 가는 게냐? 어서 돌아가거라."

　"하지만 저는……."

　"역병에 걸리고 싶은 게냐? 썩 물러가지 못해."

　또 다른 병졸이 소리를 높였다. 두이는 뒤로 찔끔 물러났다.
발을 동동 굴렀다.

　그런데 그때였다.

　"두이야!"

　병졸의 등 너머에서 수달의 목소리가 들렸다. 반가운 마음에
돌아보니 수달이 얼굴을 흰 천으로 가린 채 손을 흔들며 달려오
고 있었다. 그걸 보고 두이는 목책 쪽으로 다시 다가섰다.

"어떻게 된 거야? 여긴 왜 왔어?"

"약초를 캐 왔어. 아버지가 적어 준 것 말야. 그런데 너는 왜……?"

"고모네를 모시고 가야 한대. 아버지랑 아침에 왔어. 그런데 고모부가 치료를 받고 계셔서 이러지도 저러지도 못하고 있지 뭐. 그런데 약초를 캐 왔다고? 잘했어. 외부에서 오는 배도 끊겨서 약재가 거의 남아 있지 않대."

"우리 아버지는……?"

"자, 너도 이걸로 얼굴부터 가려."

두이의 질문에 대답하는 대신 수달은 어디서 났는지 허리춤에서 흰 천을 내밀었다. 두이는 일단 그것으로 얼굴을 대충 가렸다. 그러자 수달은 목책을 막고 선 병졸들에게 다가갔다.

"아저씨, 약초를 캐 왔어요. 들여보내 주세요."

"뭐라고?"

"맹 의원님이 시킨 심부름이란 말이에요. 약초를 가져왔다고요."

수달은 병졸들과 친분이 있는지 이웃집 아저씨에게 하듯 졸라 댔다. 그러자 병졸 둘은 서로의 얼굴을 보고 고개를 끄덕이더니 앞길을 내주었다.

두이는 수달을 따라가면서 물었다.

"그런데 왜 집을 태우는 거야?"

"역병 환자가 나온 집은 다 태우라고 했대. 옷가지며 가재도 구까지. 이러다가 내음죽도 남아나질 않겠어. 벌써 열다섯 명이나 죽었대. 병자는 계속 늘고. 그런데 돌봐 줄 사람은 모자라고……."

"……!"

두이는 입을 벌린 채 수달을 쳐다보았다. 수달은 고개를 홰홰 저었다.

마을 안쪽은 더 아수라장이었다. 열 집 중 한 집은 불태워 허물어져 있고 아직도 불씨가 남아 있는 집도 있었다.

'도대체 무슨 역병이길래…….'

그런 생각 중에 어디선가 아이의 울음소리가 들렸다. 보통 울음이 아니었다. 창자가 끊어질 듯 악을 쓰고 있었다. 두이는 궁금했지만 그냥 지나갔다. 수달이 걸음을 재촉하고 있었기 때문이었다. 모퉁이를 돌자 울 밑에서 어린 남자아이 둘이 넋이 나간 듯 앉아 있어서 또 한 번 머뭇거렸지만 이번에도 수달이 팔을 잡아끌었다.

의원 댁 안은 더 아수라장이었다. 사방 곳곳에는 쑥을 태우느라 연기로 가득했고 안마당 천막 아래에는 병자들이 거적 위에 줄을 지어 누워 있었다. 그들은 저마다 힘에 겨운 듯 뒤척였다. 방 여기저기에서도 병자들의 기침과 신음 소리가 들렸다. 병자를 돌보는 사람들 몇이 그들 사이를 종종걸음으로 오가고 있었다.

"두이야, 이쪽으로……."

그들을 보고 있자 수달이 팔을 끌어당겼다. 의원 댁 앞마당을 옆으로 돌아가자 몇 개의 거느림채*가 나왔다. 수달은 그중 가장 오른편 건물의 구석건넌방 쪽으로 두이를 끌고 갔다. 안을 들여다보니 환자 두어 명이 누워 있고, 흰 천으로 얼굴을 가린 사람 하나가 병자를 돌보고 있었다. 얼굴을 가리고는 있었지만 아버지가 틀림없었다. 아버지는 병자 한 명을 일으켜 세워 탕약을 먹이고 또 그 옆의 병자 머리에 놓인 물수건을 갈아주었다. 그리고 일어나 나오다가 두이와 눈이 마주쳤다.

"네가…… 이쪽으로 오너라."

아버지는 툇마루에서 내려서더니 집 뒤뜰로 갔다. 그리고 장독대 한쪽 옆에 앉았다.

---

* 몸채나 사랑채에 딸린 작은 집채.

"아버지!"

"가까이 오지 말거라."

두이는 반가운 마음에 서너 걸음 앞으로 다가들었다가 멈추고 말았다. 왜 그러느냐고 입만 여짓거렸다. 그런 채로 잠시 아버지를 살폈다. 입과 코를 흰 천으로 가리고 있었지만 피곤한 기색이 역력했다. 때꾼해 보이는 것이 영 기운이 없어 보였다.

"난 이제껏 병자들과 함께 있었다. 혹시 옮길지 모르니 거리를 두는 게 좋겠구나. 너는 무사한 게냐?"

괜찮은 것이냐고 물어보려던 참에 아버지가 먼저 말했다. 두이는 고개를 끄덕였다.

"약초를 캐 왔구나."

두이는 망태기를 아버지 쪽으로 밀어 놓았다. 아버지는 얼른 망태기를 뒤적거리며 고개를 끄덕였다.

"올바로 찾았구나. 고맙다."

그리고 아버지는 서녘으로 내려서고 있는 태양을 잠시 올려다보면서 긴 한숨을 내쉬더니 일어났다.

"어서 돌아가거라. 여기 오래 있는 건……."

"아버지!"

두이는 일어나 아버지 앞으로 한 걸음 다가갔다. 그러자마자 아버지가 두이를 내려다보면서 말했다.

"그동안 내가 잘못 생각했는지도 모르겠다."

"네?"

갑자기 무슨 말일까 싶어서 아버지를 똑바로 쳐다보았다.

"엄마 말대로 하거라. 공부하고 있다가 역병이 잠잠해지고 배가 뜨거든 뭍으로 나가거라."

"……."

무슨 말을 해야겠는데 입이 떨어지지 않았다. 굳은 표정으로 내려다보며 말하는 아버지의 모습이 너무나 무거워 보여서 그런지도 몰랐다.

아버지는 잠시 후 아무 말도 못 하고 서 있는 두이에게 고개를 끄덕였다. 그예 두이는 두어 걸음 물러났고 돌아서야 했다. 자신도 모르게 주먹을 꽉 쥐고 두이는 서너 걸음 걸었다.

그때 아버지가 다시 불러 세웠다.

"두, 두이야!"

두이는 돌아섰다. 아버지가 뭔가 아쉬운 듯 한 걸음 나섰다. 하지만 그러고는 그만이었다.

"아니다. 어서 돌아가거라. 엄마가 걱정하실 테니 서두르고."

두이는 조금 전처럼 고개를 숙여 보이고 두어 걸음 뒤로 물러났다.

그때였다. 아버지가 스르르 무너져 내렸다.

"두, 두이⋯⋯."

이름을 채 다 부르지도 못하고 아버지는 허술하게 세워 놓은
짚단처럼 맥없이 쓰러졌다.

약모밀을 찾아서

마지막일지도 모른다.

왜 그런 생각이 든 것일까. 어쩌면 내음죽도로 들어오는 동안 죽어 나간 사람들을 보았기 때문인지도 몰랐다. 그 때문에 "네 아비가 역병이라 단정 짓기는 아직 어렵다"라는 맹 의원의 말에도 불구하고 불안하기 짝이 없었다. 더구나 아버지는 계속 환자들 틈에 있었으므로 더 위험할 게 불을 보듯 뻔했다. 그래서 두이는 아버지를 방으로 옮기고 그 옆에 붙어 앉았다. 맹 의원은 "그래도 혹시 모르니 밖에 나가서 기다리거라"라고 했지만 그 때문에라도 더더욱 아버지 곁을 떠날 수가 없었다.

아버지는 쓰러진 지 한 시진쯤 지났을 무렵 정신을 차렸다.

그즈음 바깥은 이미 어두웠고 자꾸만 파르르 떠는 호롱불 아래 초췌한 아버지의 얼굴이 더 초라해 보였다.

눈을 뜨고도 아버지는 아무 말도 하지 않았다. 힘없는 눈빛으로 두이를 쳐다보기만 했다. 두이도 무어라 할 말이 없어서 그저 아버지의 얼굴만 내려다보았다.

"이제 그만…… 가 보거라."

한참 만에 아버지는 바싹 마른 입술을 움직여 그렇게 말했다. 그것마저 힘에 겨운지 잔뜩 눈살을 찌푸렸다. 두이는 고개를 끄덕였다. 그리고 뒤로 조금 물러나 앉았다.

그때 아버지가 아까 했던 말이 떠올랐다. 그것만은 물어보고 싶었다.

"왜 저를 뭍으로 나가라 하셨습니까?"

'그동안은 뭍에 나갈 필요 없다고 하지 않으셨나요'라는 말을 덧붙이고 싶었지만 그 말은 차마 나오지 않았다.

아버지는 기신거리듯 하며 얼굴을 찡그렸다. 공연히 말을 시킨 게 아닐까 싶어서 두이는 일어나려고 발끝에 힘을 주었다. 하지만 그때 아버지가 입을 열었다.

"네가 무엇을 알게 되든 또 무슨 공부를 하게 되더라도…… 학문이란 나누기 위해 공부하는 것이고…… 그러면 되었다."

"……."

아버지가 무슨 말을 하려는지 알 수 없어서 두이는 마른침을 삼켰다. 두이의 마음을 알아차렸는지 아버지가 한마디 더 했다.

"무슨 생각을 했는지 모르겠다만 위험을 무릅쓰고 여기까지 왔다면 어딜 가더라도 아비처럼 부끄럽게 살지는 않을 것 아니냐……."

아버지는 말끝을 흐렸다. 어쩌면 기운이 없어서 그런 것인지도 모른다는 생각이 들었다. 아버지는 숨을 몰아쉬며 눈을 감았다. 그리고 대신 바싹 붙어 앉은 두이의 손을 잡았다. 그 때문인지 가슴속에 뜨거운 무엇인가가 가득 차는 느낌이 들었다.

그때 인기척이 들렸다. 돌아보니 맹 의원이 방으로 들어서고 있었다.

"이제 나가 보거라. 어서!"

그 말에 두이는 어쩔 수 없이 자리를 맹 의원에게 비켜 주었다. 그러나 선뜻 일어서지는 못했다. 두이는 한참을 더 아버지의 퀭한 얼굴을 내려다본 뒤 밖으로 나왔다.

"괜찮으실 거야. 너무 걱정하지 마."

수달이 문밖에서 기다리고 있다가 다가와 말했다. 뒤미처 여러 번 어깨를 토닥였지만 두이는 돌아보지 않았다. 별의별 생각이 다 들어서 수달이 무어라 말하는지도 귀에 들어오지 않았다. 이따금 구석건넌방 쪽을 힐끔거리기만 했다. 그제야 문득 엄마가 떠올랐다. 지금 당장이라도 외음죽도로 달려가 엄마에게 알려야 하는 건 아닌가 싶었다. 그 때문에 발이 움찔거렸지만 그러고는 그만이었다.

두이는 구석건넌방이 잘 보이는 돌담 아래 앉았다. 주위에 횃불이 켜지고 주변은 낮보다 덜 분주해졌다. 다만 환자들의 앓는 소리는 조금 더 크게 들렸다.

두이는 제자리를 서성거렸다. 아니 앉았다가 다시 일어서기도 했다. 여전히 집으로 돌아가야 할지 아버지 곁에 있어야 할지 판단이 서지 않았다.

그런데 어느 즈음이었을까?

구석건넌방 문이 열리며 맹 의원이 바깥으로 나왔다. 그러나 문을 닫으면서 꾸짖듯 방 안쪽을 향해 소리를 높였다.

"공연히 그런 쓸데없는 소리 하지 말게. 기어이 제 발로 저승 문턱을 넘을 셈이야?"

그러더니 문을 소리 나게 닫고 뒤채 쪽으로 걸음을 옮겼다. 두이는 재빨리 맹 의원에게 달려갔다.

"무슨 일이세요?"

"신경 쓰지 않아도 된다. 네 아비가 별 시답지 않은 소리를 해서 말이야."

"그게 무슨 말씀이신지요?"

"약모밀을 구하러 가겠다는구나. 지금 역병의 증세로 보아 약모밀만 한 게 없다면서 지금쯤이면 쓸 만하게 자랐을 거라며 엄지섬에 가겠다잖아."

"약모밀이라고요? 그게 왜……."

"해열과 기침에 그만한 게 없지. 독하기는 해도 잘 말려 쓰면 폐렴에도 효과가 아주 뛰어나긴 해. 피고름을 쏟을 만큼 심한 병에는 더더욱. 혹시나 해서 내가 가지고 있던 약모밀을 써 보았더니 다른 약초보다 그걸로 치료한 사람은 회복이 빠르더구나. 하지만 구할 수가 있어야지. 밖에서 들어오는 배가 끊겨서 사 올 수도 없고…… 휴우!"

말끝에 맹 의원은 긴 한숨을 달았다.

그런데 그때 두이의 머릿속에 엄지섬에 다녀오던 날이 생각났다. 음죽도에 배를 대면서도 내내 아쉬워했던 아버지의 모습이 생생하게 떠올랐다. 열흘쯤 지나면 잘 자라 있을 거란 말도.

"어성초(魚腥草)라 부른다고 들었습니다. 마치 물고기 비린내와 같은 냄새가 나서 동의보감에는 그리 써 있다 했습니다."

두이는 또박또박 말했다.

"그래. 잘 알고 있구나. 하지만 지금 그걸 어디서⋯⋯."

두이의 말에 맹 의원이 고개를 끄덕이며 대꾸했다. 하지만 두이는 맹 의원의 말이 끝나기도 전에 가로챘다.

"제가 다녀오겠습니다. 어성초가⋯⋯ 어디 있는지 압니다."

"지금 뭐라 했느냐?"

"일전에 아버지와 엄지섬에 간 일이 있습니다. 거기서 어성초를 보았습니다. 필요하다면 제가 다녀오겠습니다."

"그래. 네 아비가 엄지섬이라고 하더구나. 하지만 네가 어떻게⋯⋯ 넌 안 된다. 엄지섬 주변은 해류도 자주 바뀌는 곳이라 날이 맑은 날도 위험해. 장정을 보내야지."

"하지만 어성초를 알아볼 사람이 필요하지 않겠습니까?"

얼결에 튀어나온 말 때문일까. 두이는 한술 더 떴다. 어쩌면 지금이라도 아버지가 방문을 열고 나올 것만 같아서 더 호기를 부렸는지도 모를 일이었다. 아버지라면 그러고도 남을 사람이었다.

"그, 그래. 그렇지만⋯⋯ 어른이 한둘 따라가면 혹시 모르겠구나. 잠깐 기다리거라. 향리 어른을 만나 부탁을 해 보마."

맹 의원은 조금 놀라는 듯했지만 곧 고개를 끄덕였다. 그리고 구석건넌방을 돌아 사라졌다.

"어쩌려고? 정말 엄지섬을 가겠다는 거야? 무슨 생각으로 그런 말을 한 거야?"

수달이 다그치듯 말했다.

"그, 그게……."

두이는 얼른 대답하지 못했다. 비로소 정신이 돌아왔고 큰일이라도 저지른 것처럼 가슴이 뛰었다. 기다렸다는 듯 엄마의 얼굴이 떠오르면서 갑자기 목구멍이 탁 막히는 기분이 들었다.

밤이 깊어 갔다. 앓는 소리가 방 곳곳에서 새어 나왔고 담장 너머 어딘가에서는 곡을 하는 소리가 들렸다. 게다가 바람까지 불어서 더더욱 을씨년스러웠다. 하필 이럴 때에 하늘 높이 솟은 보름달은 유난히도 창백했다.

마당 가운데 피워 놓은 화톳불이 바람에 너울거렸다. 어떤 때는 이리 오라고 손짓을 하는 것처럼 보이기도 했고 광대가 춤을 추는 모양으로도 보였다. 조금 더 지켜보고 있자니 뻘건 입을 벌리고 잡아먹겠다고 달려들 기세였다. 아니 정말로 무언가가 어깨를 꽉 찍어 눌렀다.

"헉!"

두이는 제풀에 놀라 숨을 멈추었다. 잠깐 졸다가 눈을 떠 보니 옆에 앉았던 수달이 어깨를 붙잡고 있었다. 두이가 돌아보자 턱짓으로 저편 앞을 가리켰다. 그 앞에 맹 의원이 다가오고 있었다. 두이는 얼른 잠을 쫓고 벌떡 일어났다.

"의원님, 어찌 되었습니까?"

두이는 서둘러 물었다. 하지만 맹 의원은 입맛을 다시더니 고개를 두어 번 내저었다.

"배를 내어 줄 수 없다는구나. 사람도……."

"그게 무슨 말이에요? 죽어 가는 사람들을 살리겠다는데 꼼짝 말고 있으란 건가요?"

두이가 뜨악한 표정으로 쳐다보는데 수달이 먼저 나섰다.

"할 말이 없구나."

"그 말이 사실이군요."

"무슨 말을 하는 게냐?"

"현감께서 이 섬을 버리라 했다는 소문 말입니다."

"무, 무슨 소리야? 그런 말을 어디서 들었어?"

수달이 무슨 말을 하는 걸까 하며 고개를 갸웃거리는데 맹 의원이 화들짝 놀라며 되물었다. 두이는 뒷머리가 쭈뼛 서는 기분이 들었다.

"피난 가는 사람들에게서요. 그래서 의원도 더 보내오지 않는

다고요. 어차피 섬이니 내버려 두면 저절로 끝이 나지 않겠냐고
하던데요?"

"뭐, 뭐야?"

"나라님이든 현감이든 우리 백성을 살리려 했다면 진작에 의
원을 보냈을 것이라고요."

"허허. 소리가 크구나."

"사실이죠? 그래서 진도에 계신 현감 나리도 의원이나 약을
보내지 않고 대신 병졸들만 잔뜩 보내서 섬사람들이 밖으로 나
가지 못하게 지키는 것이고요."

"어허 이놈이! 입 다물지 못해? 누가 들을까 무섭구나."

"듣긴 누가 듣는다고 그래요? 섬에 남은 건 결국 힘없는 백성
들이랑 병자들뿐인데! 결국 남은 사람들만 멍청한 거죠. 이미
아는 사람들은 죄다 달아났어요. 외음죽도나 알섬으로 도망쳤
다고요."

"하……."

맹 의원은 한숨만 크게 내쉴 뿐 더 말을 잇지 않았다.

두이는 자신도 모르게 고개를 끄덕였다. 비로소 수달이 하는
말이 모두 이해가 되었다. 그리고 엄마의 말이 생각났다. 결국은
아무도 우리를 지켜주지 않을 것이라던 말. 느닷없이 온몸이 뜨

거워졌지만 몸은 떨렸다.

'아버지는 이런 사실을 알고 있었던 걸까. 그래서 나에게도 뭍으로 가라고 한 걸까?'

문득 그런 생각이 스쳐 지나갔다. 하지만 두이는 고개를 저었다. 그렇다고 해도 가만있을 수는 없었다. 아버지도 그런 마음으로 몸이 성치 않음에도 약모밀을 구하러 가겠다는 것 아니었을까.

두이는 자신도 모르게 몸을 일으켰다. 짚신을 신고 옷매무새를 고쳤다.

"왜?"

"몽돌해안 이끼바위 쪽에 아버지가 만든 배가 있어. 그걸 타고 나가면 돼."

"뭐야? 너 혼자 가겠다고? 그럴 수는 없지. 내가 따라갈게. 내가 너보다 노는 더 잘 저을 거야. 물길도 내게 맡겨!"

그건 틀린 말이 아니었다. 두이는 섬에 살면서도 산과 들을 누빈 게 고작이었지만 수달은 진작부터 종종 배를 탔다. 철마다 한두 번씩 들이닥치는 풍어기* 때에는 손이 부족해 열대여섯 살

* 물고기가 특히 많이 잡히는 시기.

짜리 아이들도 곧잘 배를 타서 어른들을 돕곤 했다. 그때마다 수달은 빠지는 법 없이 어른들을 따라 나가 물고기를 잡았다.

그래서 두이는 수달이 나서는 게 싫지 않았다. 자신도 모르게 혼자서라도 가겠다고 마음먹었지만 수달을 말리지 않았다.

도리어 맹 의원이 나섰다.

"이놈들이 지금 뭘 하자는 거야? 지금 이게 소꿉놀이라도 되는 줄 아는 게냐? 포구는 물론이고 배를 댈 만한 곳엔 병졸들이 물샐틈없이 지키고 있는데 어딜 간다는 게야?"

그 말에 두이는 잠시 머뭇거렸다. 그러나 곧장 되받아 말했다.

"숨겨 놓았기 때문에 병졸들도 쉽게 찾지 못할 거예요."

"그럼 됐어. 어서 가자. 바람이 더 불기 전에. 파도라도 치면 오도 가도 못할 거야."

수달이 제 일인 양 먼저 나섰다. 두이는 고개를 끄덕였다.

"이놈들아, 게 섰지 못해? 지금 제정신인 게야? 방금 이끼바위라고 하지 않았어? 거기가 어떤 곳인 줄이나 아는 게야?"

맹 의원이 역정 내듯 말했다. 그 말에 두이와 수달은 맹 의원을 쳐다보았다. 그러자 맹 의원은 말을 덧붙였다.

"남서쪽에서 큰 바다의 바람이 직접 불어오는 곳이 바로 이끼바위 쪽 아니더냐? 음죽도 해안 그 어느 곳보다 물결이 거친 곳이란 말이다. 왜 하필 그곳에 배를⋯⋯."

그러거나 말거나 두이는 먼저 앞으로 나섰다. 수달이 그 뒤를 얼른 따라왔다. 무언가가 등을 밀어내고 있었다. 맹 의원이 하는 말의 뜻을 모르지 않았지만 걸음은 순식간에 빨라졌다.

일단 마음을 먹어서 그런지 멈출 수가 없었다. 서둘러 약초를 캐서 돌아와야겠다는 생각 때문이 아니었다. 마을을 지나는 동안 담 너머 어느 곳에서 들리는지 알 수 없는 곡소리와 울음소리 때문이었다. 더구나 생선이 썩을 때 나는 듯한 역한 냄새 때문에라도 도망치듯 마을을 빠져나가야 했다.

그에 더하여 긴장하느라 그랬는지 마을을 벗어나 한참을 걸었는데도 수달은 말이 없었다. 두어 발자국 앞에서 걷기만 했다. 두이는 그런 수달이 고마웠다. 두 살이나 많은데도 또래처럼 대해 주었고 다른 아이들이 죄인의 자식이라고 피해 다닐 때에도 수달은 그러지 않았다. 집이 가까워서도 그랬을 테지만 동생처럼 챙겨 주고 친구처럼 위했다. 함께 바닷가에 나가 낚시를 했고 물장구를 쳤다. 나무도 같이 하러 다녔고 칡뿌리를 캐면 같이 나누어 먹었다.

이런저런 생각을 떠올리며 짚신바위 언덕 옆을 지났고 대나무 숲을 걸었다. 언제나 그랬듯 이번에는 그 숲에서 울음소리가 들렸다. 그즈음에서 두이는 물었다.

"그 말 사실이야? 현감 나리가 우리 섬을 버렸다는 거?"

"외음죽도로 피난 온 사람에게서 들었어."

"왜?"

"왜긴? 역병 막으려다가 다른 섬 백성들까지 위험해진다는 거지."

"우리는 백성이 아니야?"

"글쎄. 우리 아버지 말로는 벼슬아치들에게 백성은 저희들이 필요할 때만 백성이라던데? 벼슬아치는 다 그런댔어."

"그게 무슨 말이야?"

"그래서 우리 아버지는 네 아버지가 관(冠)만 안 쓰고 있지, 진짜 벼슬아치라더라."

두이가 되묻는 말에, 수달의 대답은 엉뚱하게 아버지 쪽으로 튀었다. 그 바람에 두이는 걸음을 멈추었다. 그리고 수달을 처다보았다. 달은 떴지만 등지고 있어서 얼굴은 보이지 않았다. 그래도 시선을 느꼈던지 수달은 말을 이었다.

"네 아버지는 정말 백성을 편들어서 귀양 온 거랬어. 진짜 역모를 해서가 아니라 왕이나 더 높은 벼슬아치보다 백성을 더 위하는 사람이라 미움을 받았다고 하던데?"

역모라는 말에 가슴이 덜컹 내려앉았다. 그 때문에 두이는 잠시 숨을 멈추었다. 무어라고 대꾸해야 할지 얼른 떠오르지 않았다. 그러고 있을 때 수달이 한마디 더 했다.

"네 외할아버지도 그러셨다던데? 벼슬아치는 아니셨지만 마을 사람들을 위해서라면 어렵게 캔 약초도 선뜻 내놓으셨다고. 그래서 참봉 어른이라 불렀다고 하더라."

"……!"

두이는 무언가 대꾸하려다가 입을 닫았다. 가슴이 마구 뛰어서 숨을 고르고 정신을 가다듬어야 했다.

많은 생각이 머릿속을 스쳐 지나갔다. 지금까지 고개를 갸웃거렸던 것들이 이해되었다. 그러자 가슴에 무겁게 얹혔던 것이 쑥 내려가는 느낌이었다. 머리는 잠시 묵직해졌다가 시원해졌다. 그 바람에, '너는 어떻게 우리 아버지가 역모의 죄를 쓰게 된 걸 알았지?'라고 묻지 않았다.

두이는 주먹을 꼭 쥐고 걸었다. 아까보다 마음이 조금 더 급해졌다.

그즈음 대숲이 끝났다. 한껏 서쪽으로 기울어 버린 달이 모습을 드러냈다.

"다 왔어."

두이는 몽돌해안 쪽으로 방향을 잡으며 말했다. 그런데 그 때였다. 해당화 언덕이 막 눈앞에 있다고 생각할 무렵이었다. 그 아래쪽으로 내려가기만 하면 몽돌해안이 나올 거였다. 그런데 마침 저편 앞에 불빛이 흔들리는 듯하더니 사람의 형체가 보였다.

"숨어!"

수달이 반사적으로 소리쳤다. 두이는 얼른 길옆 수풀 속으로 들어가 몸을 낮추었다. 하지만 너무 서두르느라 엉덩방아를 찧었고 썩은 나뭇가지라도 깔고 앉은 듯 뚝 하는 소리가 났다. 뜻밖에도 그 소리는 너무나 커서 두이는 자신도 모르게 몸을 움츠린 채 움직이지 못했다.

"거기 누구요?"

걸걸한 목소리가 들렸다. 그리고 연이어 이쪽으로 걷는 소리가 났다. 풀숲 사이로 두 명의 병졸이 다가오는 게 보였다. 뒷목에 식은땀이 흘렀고 심장이 방망이질을 했다. 이러다가 심장이 바깥으로 툭 튀어나올지도 모른다는 생각마저 들었다.

아니 그게 문제가 아니었다. 횃불을 든 병졸이 더 가까이 다가와 수풀을 헤칠 기세였다. 만약 들키기라도 하면 어찌 될까.

댓바람에 그런 걱정이 들었고, 혼자만의 문제가 아니란 생각에 다다랐다. 아버지는 물론 엄마도 무사하지 못할 것이 분명했다.

차라리 지금이라도 달아날까? 붙잡힐 때 붙잡히더라도 그게 낫지 않을까 싶었다. 그래서 엉거주춤 앉은 한쪽 다리에 힘을 주었다. 그때였다.

"이보시오, 나 좀 도와주시오."

반대편 수풀 속에서 소리가 들렸다. 그 바람에 가까이 다가왔던 횃불이 다시 멀어졌다. 두이는 얼른 자세를 바로잡고 커다란 고목 뒤로 더 몸을 숨겼다.

"맹 의원님이야!"

수달이 말했다. 과연 저편 수풀 속에서 모습을 드러낸 사람은 맹 의원이 틀림없었다.

"누구시오? 누군데 새벽에 예까지 온 게요?"

"나는 맹 의원이라고 하오. 역병 환자들에게 쓸 약초를 구하러 왔소."

"이 밤중에 말입니까?"

"지금 죽어 가는 환자가 한둘이 아닌데 한낮이 어딨고 밤중이 어디 있단 말이오?"

맹 의원이 호통을 치듯 소리를 높였다.

"대체 이 부근에 무엇이 있단 말입니까?"

"이쪽에 갯방풍이 많이 자라길래 보아 둔 게 있다오."

"갯방풍이 뭐요?"

"열을 내리는 데 이보다 좋은 약초는 없소. 무엇보다 이슬 맞은 약초라야 효험을 볼 수 있다 하여 해 뜨기 전에 나왔소. 손이 바빠 그러니 같이 좀 찾아 주겠소? 자, 횃불을 이리로 좀 비춰 주구려!"

맹 의원은 그러면서 병졸 둘을 저편으로 이끌고 갔다. 없는 말을 한 것으로 보아, 도우려고 왔다가 병졸들을 발견한 모양이었다. 그제야 두이는 안도의 숨을 몰아쉬었다.

맹 의원과 병졸이 사라지자 수달이 팔을 잡아끌었다. 두이는 얼른 수달을 따라 숲 아래쪽으로 내려갔다.

해당화 언덕을 지나 몽돌해안으로 내려섰다.

또르륵또르륵.

물살이 작은 돌멩이들 틈새로 흐르는 소리가 경쾌하게 들렸다. 두이는 몸을 잔뜩 낮추고 재빨리 몽돌해안을 가로질렀다. 그리고 크고 작은 바위가 우뚝 솟은 이끼바위 쪽으로 향했다.

"맹 의원님 아니었으면 들킬 뻔했어."

수달이 중얼거리듯 말했다. 두이는 고개를 끄덕이며 앞으로 빨리 나아갔다. 바위에 낀 이끼 때문에 미끄러웠지만 곧 아버지가 숨겨 둔 배를 찾을 수 있었다. 그제야 두이는 아버지가 왜 하필 이곳에 배를 숨겨 두었는지 알 것 같았다.

도망친 사람들

배가 가까스로 엄지섬 북쪽 해안에 닿았을 때는 사위가 밝아지고 있었다. 주변에 크고 작은 바위가 솟아 있는 곳이었다. 물론 어성초가 있는 해안은 아니었다. 그 때문에 두이는 조금 당황했다. 어두운 데다가 뒤엉킨 물길을 따돌리느라 방향을 잘못 잡은 듯했다. 아니면 아버지와 보았던 그 해변에 대한 기억이 틀렸거나.

두이보다 수달이 배에서 먼저 내렸다. 그리고 서둘러 닻줄을 주위의 큰 바위에 감았다. 그러고 나서 물었다.

"여기가 맞아? 어딘지 알겠어?"

두이는 일단 고개를 가로저은 다음 한참이나 사방을 두리번거렸다. 먼저 섬 한가운데 솟은 참매바위의 모양을 확인했다.

올려다보니 바위 주둥이 모양이 오른쪽을 향해 있었다. 아버지와 배를 댄 곳에서 보았던 봉우리 모양도 얼추 비슷했다. 다만 그때는 봉우리의 등이 더 많이 보였던 기억이 났다.

"여기서 더 북쪽으로 가야 해. 멀지는 않을 거야. 배는 이곳에 두고 가는 게 좋을 것 같아."

두이는 수달에게 말했다. 물살이 북쪽에서 남쪽으로 흐르고 있었기 때문이었다. 더구나 약모밀이 있던 해안이 모래사장이었던 게 기억이 나서였다. 그러자 수달은 고개를 끄덕이고는 닻줄을 내려 해안가 바위에 단단히 묶었다.

바위 언덕을 걸어 올라 바다를 왼편에 두고 서둘러 걸었다. 얼른 약모밀을 구해 최대한 빨리 돌아가야 한다는 생각뿐이었다. 맥없이 쓰러지던 아버지가 떠올라서도 그랬고, 지금쯤 내음죽도로 들이닥쳤을지 모르는 엄마 때문에도 마음이 급했다.

다행히 약모밀은 멀지 않은 곳에 있었다. 해송이 우거진 해안을 오른편으로 돌았다 싶었는데 유난히 흰 모래 언덕이 보였다. 그 비탈진 언덕 한쪽에 유독 푸르른 풀이 무리 지어 돋아나 있었다.

"저기야!"

두이는 소리를 질렀고 반사적으로 달려갔다. 모래가 휩쓸려 내려 넘어지기도 했지만 아랑곳하지 않았다. 얼른 뛰어서 약모밀밭으로 뛰어들어 갔다. 일시 비릿한 향이 짙게 코끝을 자극했다.

"웩! 비린내!"

뒤따라온 수달이 구역질을 했다.

"비린내가 많이 난댔어. 그래서 약모밀을 어성초라고 부르는 사람이 많대. 비린내가 많이 날수록 좋은 어성초라고 했어."

"어떤 걸 캘까?"

"지금은 가릴 때가 아니야. 우선 초록빛이 선명한 이파리를 줄기째 자르면 돼!"

그렇게 말하고 두이는 부지런히 줄기와 이파리를 잘라 망태기에 담았다. 사람 손이 거의 닿지 않아서 비교적 싱싱했고 그 때문에 따로 고를 것도 없어서 망태기가 금방 찼다. 하지만 그럼에도 욕심이 나서 두이는 약모밀 이파리를 자꾸만 망태기에 담았다.

"됐어! 망태기에 더 들어가지 않아."

수달이 먼저 말했다. 과연 꽉꽉 눌러 담아서 망태기가 가득 차 있었다. 그것은 두이도 마찬가지였다.

'이제 됐다!'

두이는 저도 모르게 고개를 끄덕였다.

그리고 몸을 돌렸다. 하지만 그 순간 선뜻 내딛으려고 했던 발걸음을 멈추지 않으면 안 되었다. 뜻밖에도 눈앞에는 검은 수건으로 얼굴을 가린 어른 셋이 모래 언덕 위에 우뚝 서 있었다.

"뭐지? 아무도 없는 알섬에 뭐 하는 사람들이야?"

수달도 그들을 보았는지 혼잣말처럼 물었다. 두이는 바짝 긴장하느라 대꾸하지 못했다. 그도 그럴 것이 사람들은 무슨 도적 떼라도 되는 양 저마다 손에 몽둥이를 들고 있었다.

"어디서 온 놈들이냐? 누가 보냈어?"

셋 중 가운데 있던 봉두난발을 한 사내가 물었다.

"음, 음죽도에서 왔습니다. 약초를 캐러 왔어요. 누, 누구세요?"

웬만한 일에는 무서움을 타지 않는 수달이 더듬으며 물었다.

"누가 보냈냐고 물었다."

봉두난발의 사내가 신경질을 부리듯 물었다.

"누가 보내서 온 게 아니라 약초를 캐러 왔을 뿐이에요."

"우릴 염탐하러 온 것이냐? 왜 너희들뿐이냐? 어른, 아니 병졸들은 어딨어?"

"우리가 호락호락 돌아갈 것 같으냐?"

수달이 대답했지만 사내들은 연이어 묻기만 했다. 봉두난발 남자의 오른쪽에 있는 남자는 유난히 눈썹이 짙고 다부져 보였고, 왼쪽의 남자는 호리호리하고 키가 컸다. 검은 수건으로 얼굴을 가려서 표정은 알 수 없었지만 잔뜩 의심하고 있는 것이 분명했다.

두이는 어렵지 않게 그들이 음죽도에서 온 사람들임을 알아차릴 수 있었다. 수달의 말대로 역병을 피해 달아난 사람들인 모양이었다.

그때였다.

"아이들을 그냥 놔 주면 안 돼. 저것들이 돌아가 향리 어른한테 고해바치기라도 하면 우린 살아남지 못할 거야."

호리호리한 남자가 목청을 높였다. 그러자마자 봉두난발의 남자와 눈썹 짙은 남자가 성큼성큼 다가왔다. 두이는 얼결에 두어 걸음 뒤로 물러났지만 그게 전부였다. 봉두난발의 남자가 수달의 팔을 붙잡았고 눈썹 짙은 남자가 두이의 옆구리를 잡아당겼다.

"안 돼요. 보내주세요. 이 약초를 가져가지 않으면 아버지가 죽어요."

"마을 사람들이 다 죽게 생겼단 말이에요."

두이는 버둥대며 소리쳤고 수달도 덩달아 외쳤다. 하지만 눈썹 짙은 남자의 손아귀를 벗어날 수가 없었다. 버둥댈수록 더 억센 손길이 두이를 옥죄었다. 나중에는 뒤로 꺾은 팔이 아파서 꼼지락거리기도 버거웠다. 옆에서 수날이 고래고래 소리를 지르고 악을 써 댔지만 소용이 없었다. 곧 사내들은 새까만 천으로 두이의 눈을 가렸다. 그리고 어디론가 한참 동안 질질 끌려갔다.

사내들은 어딘가에서 멈추더니 두이를 나무에 묶었다. 그제야 눈을 가린 천을 풀었는데 잡목이 잔뜩 우거진 숲이었다. 한참 동안 꼼지락대던 수달도 이제는 지쳤는지 가만히 앉아 있었다. 아무리 돌아보아도 바다는 보이지 않았고 파도 소리도 들리지 않았다. 숲 안쪽 깊숙한 곳인 듯했다.

주위에는 사람들이 꽤 많았다. 눈에 띄는 사람만 열이 넘었다. 나뭇가지를 촘촘하게 가려 만든 초막 안에도 예닐곱 명, 그 옆에 토굴을 파고 들어앉은 사람도 대여섯은 더 되지 않을까 싶었다. 얼추 헤아려 보아도 스무 명은 더 되는 듯했다. 어린아이들과 아녀자들도 지나다니는 것으로 보아 여러 가족이 함께 모

여 있는 듯했다. 그들은 두이와 수달을 힐끗거리며 쳐다보았고
어른들 몇이 둘러앉아 쑤근거렸다.

"저 아이들을 붙잡고 있어 봐야 무엇이 도움이 되겠소."

"아닙니다. 함부로 풀어 줘서는 안 돼요. 음죽도로 돌아가 무
슨 말을 어떻게 지껄여 댈지 알 수가 없질 않소."

"어차피 거기 가서 역병에 죽으나 여기 있다가 붙잡혀 가서
죽으나 죽기는 매일반 아니오."

"무슨 말이오? 여기에 있다가 역병이 잠잠해지면 다른 섬에
라도 들어가면 되지 않소."

"허허. 그 섬사람들이라고 우리가 어디서 왔는지 모르겠소?"

"어쨌든 한낱 아이들이잖소. 설마 향리 어른이 우릴 잡으려고
애들을 보냈겠소."

한나절 내내 사람들은 그런 이야기를 주고받았다. 물론 해 질
무렵이 되어도 그들은 아무런 결론을 내지 못했고 곧 숲에 어둠
이 내렸다.

사람들은 나무 아래 조붓한 평지에서 불을 피우고 밥을 해 먹
는 듯 떠들썩했다. 두이와 수달에게는 반백의 머리를 풀어 헤친
노인이 다가와 보리 주먹밥을 입에 넣어 주었다.

그때 두이는 애원했다.

"제발 저희들 좀 보내 주세요. 약모밀이 있어야 역병이 낫는다고 했어요. 저게 없으면 사람들이 다 죽는단 말이에요."

그러나 노인은 무표정하게 쳐다볼 뿐 대꾸조차 하지 않았다. 그러자 수달이 나섰다.

"아무 말도 하지 않을 거예요. 아무도 못 봤다고 할게요."

그 말에도 노인은 눈 하나 꿈쩍하지 않았다. 아예 듣지 못하는 귀머거리인가 싶었다.

노인은 곧 초막으로 돌아갔다. 그 주위를 오가던 사람들도 보이지 않았다.

잠시 후에 남자 몇몇이 모닥불 주위에서 도란도란 이야기를 나누다가 또 조금 더 시간이 지나자 하나는 토굴로 사라져 버렸다.

"어떻게 하지?"

두이는 중얼거리듯 말했다.

"몰라. 어찌나 단단히 묶어 놨는지 아무리 용을 써도 묶여 있는 손을 빼낼 수가 없어."

"설마 우리를……."

두이는 문득 무서운 생각이 들어서 더듬거렸다.

"무슨 소리를 하고 있는 거야. 어떻게든 빠져나가야지. 끄응!"

수달은 아예 몸을 떨었다. 그러더니 힘을 주며 발버둥 쳤다. 하지만 아무리 움직여도 몸은 그대로였다. 수달은 한참을 그러다가 지쳤는지 '휴우' 하고 한숨을 내쉬었다. 이젠 정말로 기운이 빠졌다.

'아버지는……?'

문득문득 그런 생각이 들 때마다 자신도 모르게 버둥거렸지만 그걸로 끝이었다. 더는 무얼 할 수가 없었다. 그러자 이번에는 더 끔찍한 생각이 머릿속을 파고들었다.

'내가 여기서 풀려나지 못한다면 어찌 될까?'

자꾸만 눈물이 났다. 소리도 지를 수가 없었다. 그랬다가 공연히 어른들을 화나게 할 것 같아서였다. 정말로 해치겠다고 달려들지도 모를 일이었으니까.

얼마나 시간이 지났을까.

그런 중에도 잠이 쏟아졌다. 그리고 악몽에 시달렸다. 숲에서 본 무녀가 달려와 목을 조르기도 했고 꼬리 셋 달린 여우가 쫓아와 달아나기도 했다. 그러다가 엄마가 호통을 치기도 했고 불현듯 아버지가 나타나 살려 달라 소리를 쳤다. 그래서 아버지에게 다가가려는데 발이 땅에 붙은 듯 떼어지지 않았다. 애쓰다가 돌아보니 엄마가 왜 책을 읽지 않느냐고 호통을 쳤다. 그 바람에 이러지도 저러지도 못한 채 발만 동동 굴렀다.

그때 누군가의 목소리를 들었다.

"괜찮니? 어서 정신 좀 차려 보거라."

두이는 눈을 떴다. 그러나 눈앞은 여전히 캄캄했고 새까만 숲의 그림자만 보였다. 여전히 꿈인가 보다 싶었다. 그런데 또 목소리가 들려왔다.

"내 말 들리니? 몸이라도 상했으면 어쩌지?"

엄마의 목소리처럼 부드럽고 따뜻했으며 차분한 목소리였다. 그 바람에 엄마라고 부를 뻔했다. 그러나 그 순간 바람이 불어와 옷깃을 파고들었고 몸이 떨렸다. 잠이 달아나자 꿈이 아닌 것을 분명히 느꼈다. 두이는 두리번거렸다.

옆에서 누군가 부스럭거리고 있다는 것을 깨닫는 순간 묶여 있던 손이 풀어졌다.

"누구⋯⋯."

"쉿! 조용히 하거라. 다른 사람들이 깨면 또 어찌 될지 몰라."

목소리로 보아 아낙네인 것만은 알 수 있었다. 그런데 뜻밖에도 한번쯤은 들어 본 듯한 목소리라서 고개를 갸웃거리지 않을 수 없었다.

"내 말 잘 듣거라. 저 뒤편으로 조금 더 올라가면 숲 가운데

176

커다란 바위들이 무너져 내린 곳이 나올 거야. 거기서 오른편으로 돌아가거라. 한참을 가면 너희들이 약초를 캐던 해안이 나와. 그다음은…… 어떻게든지 섬을 빠져나가거라. 그리고…….”

어둠 속에서 차분히 말을 이어 가던 아낙은 문득 말을 멈추었다. 그러더니 크게 숨을 내쉬고 말을 이었다.

“그리고 네가 이해하거라. 우리도 살려고 여기까지 왔단다. 나쁜 사람들은 아니야. 역병이 다 물러가면 그때…… 어떻게든 네게 보답하고 싶었는데 이렇게라도…… 무사히 살아서 돌아가거라. 알았지.”

그리고 아낙은 두이의 손을 꼭 잡았다. 순간 두이는 그 여인이 누구인지 알 것 같았다. 진도로 가던 배 위에서 고뿔에 걸린 아이를 끌어안고 있던 바로 그 아낙이 틀림없었다. 그걸 확인하자 두이는 가슴이 뜨거워졌다. 울컥 눈물이 솟을 것만 같았다.

“아이는요? 괜찮나요?”

두이는 얼결에 물었다. 그러나 아낙은 대답하지 않았다. 다만 새까만 그림자가 여러 번 크게 고개를 끄덕였다.

“어서 가거라. 곧 날이 밝을 거야. 그리고 너희들이 캔 약초는 여기에 있다.”

아낙은 망태기 두 개를 앞으로 내놓았다. 수달이 먼저 그것을 집어 들어 어깨에 메고 일어섰다.

"……."

두이는 무어라고 대꾸하고 싶었지만 입이 떨어지지 않았다. 그래서 머뭇거리자 수달이 팔을 잡아당겼다. 두이도 일어났다. 그리고 보이지 않는 여인의 얼굴을 다시 한번 쳐다보고 수달의 뒤를 따랐다.

붙잡혀 있던 곳에서 어느 정도 거리가 멀어졌다고 느꼈을 즈음부터 두이는 쉬지 않고 달렸다. 컴컴했기 때문에 속력을 낼 수는 없었지만 머뭇거릴 틈이 없었다.

바위가 무너져 내린 곳을 지나서 한참을 또 걸었다. 길이 나 있지 않아서 높이 자란 풀을 헤치고 나가기가 쉽지 않았지만 멈출 수가 없었다. 어떤 곳에서는 썩은 나무 둥치를 잘못 밟아서 넘어지기도 했고 미끄러져서 가시덤불 속에 빠지기도 했다. 팔과 다리는 물론이고 어깨와 등이 아팠다. 사람들이 쫓아올까 겁이 나기도 했지만 아버지 얼굴이 자꾸 생각나서 서두르지 않을 수 없었다.

마침내 날이 밝을 즈음 모래 언덕이 펼쳐진 해변에 다다랐다. 두이는 거기서 다시 남쪽으로 길을 잡아 배가 있는 곳으로 향했다.

그런데 이게 무슨 일일까. 배가 보이지 않았다. 아무리 둘러보아도 빈 해안에 바닷물만 출렁거렸다.

"배가 왜 없지? 떠내려간 걸까?"

두이는 허둥대면서 사방을 두리번거렸다. 그러나 닻줄을 매어 놓았던 흔적마저 보이지 않았다.

"간밤에 물이 조금 더 육지 쪽으로 올라온 것 같기는 한데…… 얼핏 보아서는 물살이 남쪽으로 치우쳐 흐르고 있어. 혹시 모르니까 조금 더 남쪽으로 내려가 보자."

수달이 사방을 유심히 돌아보더니 말했다. 두이는 일단 수달을 따르기로 했다.

하지만 마찬가지였다. 배는 보이지 않았다. 꽤 오래도록 남쪽으로 걸었는데 배는 찾을 수가 없었다.

"떠내려간 거라면 진작에 더 멀리 떠내려갔을 거야. 이 부근 물살이 엄청 빠르게 변하니까. 혹시라도……."

망연자실하게 서 있는 두이에게 수달이 말했다. 그런데 끝말이 깔끔하지 않아서 두이는 물었다.

"혹시라도 뭐?"

"누가 발견하고 가져갔다면 이야기는 다르지."

"……?"

"빨리 몸을 숨겨야 한다는 뜻이야. 배를 가져간 사람들이 다시 나타날지 모르니까."

그 말을 듣자 가슴이 철렁 내려앉는 기분이 들었다. 그 때문에 두이는 자신도 모르게 사방을 두리번거렸다. 누군가가 보고 있을지도 모른다는 생각, 어제처럼 알 수 없는 사람들이 나타나 끌고 갈 수도 있다는 생각이 한꺼번에 들었다.

그러자마자 두이는 슬금슬금 해안을 벗어나기 시작했다. 그러나 바다 쪽에서 눈을 뗄 수는 없었다. 배가 없으면 돌아갈 수가 없었으므로.

두드러기형제섬

쉬이잇 쉬이!

대숲을 스치는 바람 소리가 을씨년스러웠다. 수달은 아주 빠른 손놀림으로 제 팔뚝보다 굵은 대나무를 하나씩 잘라 한쪽에 나란히 뉘어 놓았다. 그러는 동안 두이는 이쪽저쪽을 오가며 주위를 살폈다. 누군가 나타날지 몰라 최대한 멀리 보려고 애썼다.

때로 낯선 소리가 들릴 듯싶으면 두이는 얼른 그쪽으로 달려가 기웃거렸고 수달은 자른 대나무를 끌고 숲에 들어가 숨었다.

수달은 굵은 대나무 열댓 개를 어른 키만 하게 자른 다음 나란히 늘어놓았다. 그러더니 또 한참 동안 숲을 헤매며 나무뿌리와 칡뿌리를 캐 오고 나무줄기를 꼬아 새끼줄처럼 만들었다. 그것으로 늘어놓은 대나무 위아래를 단단히 묶었다. 그런 다음 보니 얼추 뗏목 태가 났다.

그러느라 한나절이 훌쩍 지나 버렸다.

"됐어!"

"이제 음죽도로 돌아갈 수 있는 거야?"

수달은 두 손을 탁 치며 만족스러워 했고 두이는 수달의 말이 끝나기 무섭게 되물었다. 그러나 수달은 선뜻 대답하지 않았다. 잠시 제가 묶어 만든 뗏목을 이리저리 살펴본 뒤에야 대꾸했다.

"해 봐야지. 그래도 대나무는 속이 비어 있어서 우리 무게를 잘 견뎌 줄 거야."

그다지 썩 자신 있는 말투는 아니었다. 사실 두이도 안심할 수가 없었다. 비록 멀리 있는 섬이 아니라 코앞에 있는 섬이라도 바닷물을 지나야 했다. 물길이 어디로 어떻게 흐르는지 알 수 없는 데다가 바람까지 불고 있었다.

아니나 다를까.

대나무로 만든 뗏목을 물가까지 옮겨 놓고 고개를 들었을 때 바람은 더 거칠어졌다. 바위에 부딪히는 파도 소리가 컸다. 그 앞에서 대나무 뗏목은 한없이 초라해 보였다.

"지금은 안 되겠어."

"왜?"

바람과 거친 물발 때문이라는 것이 짐작이 가면서도 두이는 되물었다.

"지금 뗏목을 띄웠다가는 바위에 부딪쳐서 그마저도 부서질 것 같아."

"그럼……."

"기다려야지. 지금 물이 북서에서 남동으로 흐르고 있어."

"하아!"

수달의 말에 두이는 깊은숨을 내쉬었다. 아버지는 어떻게 되었을까. 그 생각 때문에 가슴이 타들어 가는 듯했다. 두이는 제자리에서 발만 동동 구를 수밖에 없었다. 새까만 구름까지 바다를 덮고 있어서 불안한 마음은 더했다.

"지금 이 물살로 봐서는 한 시진쯤이면 될 거야."

두이의 속마음을 알아차린 것인지 수달이 말했다. 하지만 그 말이 도움이 될 리 없었다. 일각이 아쉬운 터에 한 시진이라니!

두이는 한참을 서성대다가 파도가 닿지 않는 바위 위에 앉았다. 해가 비추지 않아 알 수 없었지만 얼핏 가늠해도 미시*는 훨

---

* 오후 1시~3시.

씬 더 지난 것 같았다. 비로소 허기가 느껴졌다. 어젯밤 이후로 아무것도 먹지 못했으므로 당연한 일이었다.

하지만 허기보다 조바심이 더 컸다. 자꾸 새까만 하늘을 바라보았고 바다와 바람을 원망했다. 일어났다 앉기를 여러 번 반복했다. 약모밀 망태기를 가슴에 끌어안고 어금니를 꽉 물었다. 그러다 이따금 수달과 눈이 마주쳤는데 그때마다 수달은 씩 웃거나 고개를 끄덕였다.

그런데 얼마나 시간이 지났을까.

"이제 뗏목을 띄워야겠어."

사방을 돌아보던 수달이 문득 소리를 쳤다. 그 바람에 온몸을 웅크리고 앉아 있던 두이는 고개를 벌떡 들었다. 하지만 파도는 여전했고 바람의 세기가 아까와 크게 다르지 않았다. 그래서 고개를 갸웃거리는데 수달이 해안 저편을 가리켰다.

사람들의 모습이 보였다. 꽤 먼 거리였지만 뫼 산(山) 자처럼 생긴 바위 너머에서 서너 명의 사람들이 이쪽을 향해 다가오고 있었다. 그것을 확인한 순간 가슴이 철렁 내려앉았다. 어떻게 하지? 얼결에 그렇게 묻고 돌아보니 수달이 발 옆의 높은 바위 위로 올라갔다. 그러더니 바닷물을 유심히 살폈다.

"물살이 바뀌지는 않았어."

수달은 물로 뛰어들어 뗏목을 끌어당겼다.

"그렇지만……."

어쩔 수 없다는 걸 알면서도 두이는 중얼거렸다. 그러면서도 수달을 도와 뗏목을 바다 쪽으로 밀어냈다.

"어서 올라타! 저 사람들에게 다시 붙들리면 또 어떻게 될지 몰라."

일단 두이는 뗏목 위에 올라탔다. 그러자마자 대나무 틈새로 물이 올라왔다. 발등까지 물이 자박자박 차올랐다. 살짝 겁이 나긴 했지만 다행히도 더 이상 가라앉지는 않았다.

수달은 곧 여분으로 가져온 굵은 대나무를 삿대로 썼다. 긴 나무를 파도가 밀려오는 반대편 물속에 넣고 밀었다. 그러자 뗏목이 바다 쪽으로 조금씩 움직였다. 하지만 파도가 밀려오자 뗏목은 다시 해안가로 되돌아왔다. 그러기를 여러 차례 반복했다.

"어쩌지? 배가 쉽게 나아가질 않아. 돛이 없어서 더 그런 것 같아. 이러다 다시 붙잡히겠어."

두이는 침을 꿀꺽 삼키며 말했다. 그렇지 않아도 사람들이 아까보다 더 가까운 곳에 다가와 있었다.

"안 되겠어. 물살을 거스를 수가 없어. 물길을 따라가는 수밖에 없을 거 같아."

그러더니 수달은 뗏목이 밀물을 따라 해안 쪽으로 휩쓸려 가도록 놓아두었다가 썰물을 타고 빠져나오자 긴 막대로 아까처럼 뗏목의 옆쪽 물속을 밀어 댔다. 뗏목이 빙글 도는 듯하더니 옆으로 밀려나갔다. 그러자 수달이 뗏목의 한쪽 모서리 끝으로 가서 그쪽 물속에 막대를 넣고 힘 있게 밀었다. 그러면서 소리쳤다.

"두이야, 반대편 모서리로 가!"

두이는 재빨리 시키는 대로 했다. 그러나 뗏목이 심하게 흔들려서 두이는 한 차례 넘어지고 나서야 모서리에 엉거주춤 주저앉았다. 덕분에 뗏목이 앞으로 쭉 나가지는 못했지만 커다란 타원을 그리면서 조금씩 해안에서 밀려났다. 그런 식으로 뗏목은 조금씩 해안에서 멀어지고 있었다.

하지만 이미 그즈음 저편에서 달려오던 사람 둘이 바닷물로 뛰어들었다. 눈썹 짙은 사내가 앞에 섰고 그 바짝 뒤로 봉두난발의 사내가 따라왔다. 어쩐 일인지 얼굴을 가리지 않은 채였다.

"이놈들! 게 섰지 못해?"

"가만두지 않을 테다, 이놈들!"

소리를 질러 대며 마침내 눈썹 짙은 사내가 뗏목을 향해 손을 뻗었다. 그리고 하필이면 그때 해안 쪽으로 몰아치는 물살 때문에 뗏목이 한쪽 옆으로 돌았다. 그 탓에 뗏목은 사내들 쪽으로 조금 밀려났고 두이의 코앞에 사내들이 서 있었다. 마침내 눈썹 짙은 사내가 뗏목의 한쪽 끝을 붙잡았다. 그리고 얼결에 뒤로 물러나 앉은 두이의 한쪽 발을 붙잡았다.

"안 돼!"

두이는 자신도 모르게 소리를 질렀다. 동시에 몸부림치며 발을 빼내려 했다. 하지만 사내의 손은 억셌다. 발이 쉽게 빠지지 않았다. 그때 수달이 소리쳤다.

"두이야! 밀어내. 배가 다시 해안으로 돌아가면 안 돼."

수달은 여전히 반대편 모서리에 서서 긴 장대로 물 밑바닥을 찍어 누르며 뗏목을 밀어내고 있었다. 안 되겠다 싶었다. 두이는 나머지 한쪽 발로 남자의 어깨를 힘껏 걷어찼다.

"어이쿠!"

눈썹 짙은 남자가 비명을 지르면서 물속으로 나자빠졌다. 그리고 거의 동시에 수달이 다시 뗏목의 옆을 밀었고 뗏목은 핑그르르 도는가 싶더니 밀물을 타고 조금 더 바다 쪽으로 빠져나갔다. 봉두난발의 사내가 연이어 쫓아왔지만 이미 배는 조금 더 멀리 물러나 있었다.

사내들은 더 이상 쫓아오지 못했다. 뜻밖에도 배는 굽이치는 강물처럼 흐르는 물살을 따라 섬에서 빠르게 멀어져 갔다.

"됐어. 이제 쫓아오지 못할 거야."

수달이 물속에 넣었던 장대를 끌어 올리며 말했다. 그리고 지쳤는지 뗏목 위에 벌러덩 누워 버렸다.

"휴우!"

두이도 긴 숨을 내쉬며 옆에 나란히 누웠다. 대나무 틈새로 물이 차올라 엉덩이와 등이 다 젖었지만 상관없었다. 엄지섬을 무사히 빠져나왔다는 안도감에 몸은 젖어도 마음은 편안했다. 어제부터 조금 전까지 꼬박 하루의 일이 번개처럼 머릿속에 스쳐 지나갔다. 두이는 그 생각을 하면서 가슴을 쓸어내렸다.

하지만 수달이 곧바로 일어났다.

"안 돼!"

두이는 놀라서 덩달아 몸을 일으켜 세웠다. 그리고 두리번거렸다. 그 순간 깊은숨을 내쉬고 말았다.

하아!

뗏목이 음죽도와 점점 멀어지고 있었다. 물살이 여전히 음죽도 반대쪽으로 흐르기 때문이었다.

"어쩌지?"

두이는 반사적으로 물었다. 그러나 대답 대신 수달은 재빨리 한쪽을 편편하게 잘라놓은 대나무를 집어 들었다. 그리고 그것을 노 삼아 물을 휘젓기 시작했다. 두이도 따라 했다. 하지만 방향만 조금 틀어졌을 뿐 뗏목은 음죽도를 향해 나아가지 않았다.

'제발!'

입속으로 외치며 온몸의 힘을 모아 노를 저었다. 뒤로 더 밀리지는 않았지만 음죽도 옆으로 비켜가기만 했다.

"아아, 안 돼!"

수달이 다시 소리쳤다. 아까보다 더 크고 간절한 목소리였다.

알 것 같았다. 뗏목이 밀려가고 있는 쪽은 두드러기형제섬 안쪽이었다. 크고 작은 바위들이 이리저리 삐죽삐죽 솟아나 있는 게 보였다. 그 어느 곳보다 물살이 빠른 곳이었다. 웬만큼 큰 배라면 몰라도 뗏목쯤은 휘말려 들기 십상이었다.

그런데 바로 그 물길로 뗏목이 거침없이 떠내려갔다. 걷잡을 수 없었다. 수달이 열심히 노를 휘저어 댔지만 소용없었다. 이미 뗏목은 거친 물살을 타고 출렁거렸다. 두이는 중심을 잡을 수가 없었다. 제대로 서 있기도 힘들 지경이었다. 어쩔 수 없이 두이는 뗏목 가운데 앉아서 약모밀이 담긴 망태기를 끌어안고 엎드렸다.

그때였다.

"아앗!"

수달이 손에 쥐고 있던 노를 놓쳤다. 이제는 물살에 모든 걸 맡기는 수밖에 없었다.

뗏목은 빠른 속도로 두드러기형제섬 사이로 빨려 들어갔고 물속의 바위에 툭툭 부딪치며 이리저리 튕겨져 나갔다. 그러기를 몇 번, 뗏목은 바로 앞의 높이 솟은 바위를 정면으로 들이받고 말았다.

"아아악!"

뗏목이 부서졌고 몸이 튀어 올라 허공으로 솟았다. 그리고 잠시 몸이 공중에 솟아 있는가 싶더니 곧 물속으로 처박혔다.

"허으으윽!"

물속에 빠진 뒤에도 몸이 이리저리 휩쓸렸다. 그러느라 물을 먹었고 숨이 막혔다. 안간힘을 쓰며 손발을 저었다. 헤엄을 쳐 보려 했지만 소용이 없었다. 눈앞이 캄캄해졌다. 금방 숨이 넘어갈 것만 같았다. 그러다가 어느 순간 손끝에 뾰족한 바위가 만져졌다. 두이는 재빨리 손아귀에 힘을 주었다. 그러자마자 물살에 휩쓸리던 몸이 멈추었다.

안간힘을 써서 바위를 잡고 물 밖으로 고개를 내밀었다. 그리고 숨을 크게 내쉬었다.

두이는 겨우겨우 바위 위로 올라섰다.

"우웩 욱욱!"

여러 번 물을 토해 냈다. 그런 뒤에야 겨우 정신이 돌아왔다. 그때 문득 수달이 생각났다. 그래서 사방을 두리번거렸다.

"수달아! 수달아!"

두이는 사방을 휘돌아보며 쉴 새 없이 소리를 질렀다. 하지만 수달은 어디로 갔는지 대답조차 없었다.

'정신 차려야 해.'

두이는 정신을 가다듬었다. 빠르고 거친 물살과 뾰족하고 울퉁불퉁한 바위들을 차례로 살펴보았다. 여전히 수달은 눈에 띄지 않았다. 그래도 두이는 계속 수달의 이름을 부르며 두리번거렸다. 하지만 부서진 뗏목 조각만 간간이 눈에 뜨일 뿐이었다.

그렇게 얼마쯤 시간이 지났을까.

뗏목이 떠내려가던 쪽 저 앞에 무언가 희끗한 것이 눈에 띄었다.

"수달아!"

두이는 소리를 지르며 다짜고짜 물로 뛰어들었다. 그러자마자 빠른 물살이 두이의 몸을 휘감았다.

"으어어억!"

두이는 소리를 지르며 팔을 휘저어 댔다. 헤엄을 치려 했지만 아무리 팔을 내저어도 몸이 맘대로 움직이지 않았다. 그 때문에 두이는 아까처럼 어느 즈음에서부터 팔을 휘저어 손에 닿는 것을 무조건 붙잡았다. 물길에 닿는 바위는 미끄러웠고 그 때문에 무언가 붙잡았나 싶으면 다시 몸이 물길에 휩쓸렸다.

그러다가 어느 순간 가슴팍에 무언가 턱 걸렸다. 그와 동시에 두이는 무조건 그것을 붙잡았다. 정신을 차리고 보니 부서진 뗏목의 긴 대나무 장대 서너 개가 두 바위 사이에 걸려 있었다. 두이는 그것을 붙잡고 바위 위로 올라섰다.

그리고 바로 그 순간 바위틈에 끼어 있는 수달의 뒷모습이 보였다.

"수달아!"

두이는 옆의 바위로 건너뛰었다. 그리고 허리를 굽혀 수달을 완전히 물 밖으로 끌어냈다. 순간 두이는 깜짝 놀라지 않을 수 없었다. 수달의 머리와 어깨에서 피가 흐르고 있었다.

"수달아! 정신 차려!"

두이는 수달의 몸을 흔들었다. 하지만 완전히 정신을 잃은 듯 수달은 꼼짝도 하지 않았다. 어느새 피가 바위를 빨갛게 적시고 있었다.

홀로 바다에

시간이 꽤 지나고 나서야 물살이 약해졌다. 그 틈에 두이는 얼른 수달을 두드러기형제섬 한쪽 해안으로 옮겨 놓았다. 그래 봐야 벼랑 아래에 있는 집 안마당보다 조금 더 넓은 정도의 자그마한 모래톱이었다. 조금이나마 안심이 되긴 했지만 곧 두이는 자신이 꼼짝없이 고립되었다는 사실을 깨달았다. 뒤로는 벼랑이고 앞으로는 바닷물이어서 벗어날 방법이 없었다.

게다가 수달은 아직도 깨어나지 않고 있었다. 숨은 쉬고 있었지만 맥박이 불규칙하게 뛰었다. 두이는 옷소매를 찢어 수달의 상처를 감쌌다. 그 이상은 할 수 있는 게 없었다.

'애기똥풀, 지칭개, 채송화, 머위……'

상처 치료에 도움이 된다는 풀이름들이 연이어 떠올라 두리 번거렸으나 벼랑 쪽에는 깎아지른 바위뿐이었다.

결국 한참 동안 바다 쪽을 향해 살려 달라고 소리를 질러 보기도 했지만 메아리조차 돌아오지 않았다. 지나가는 배가 있을 리가 없었다. 그 틈에 해가 점점 더 서쪽으로 기울어 갔다.

"수달아!"

두이는 수달을 흔들어 보았다. 수달은 신음 소리만 낼 뿐 정신을 차리지 못했다.

이윽고 태양은 바닷속으로 완전히 가라앉았고 흐릿하게 하늘에 남았던 붉은 노을마저 사라져 버렸다. 다행히 달이 떠올라 아주 어둡지는 않았지만 여전히 할 수 있는 게 아무것도 없다는 사실 때문에 눈앞이 캄캄했다.

가만히 앉아서 '어떻게 해야 하지'라며 자신에게 물어보다가도 발 앞에서 찰랑거리는 파도 소리에 화들짝 놀랐고 눈앞의 캄캄한 바다에 한숨이 나왔다. 그러다 문득 자리에서 일어나 뒤를 돌아보고 어뜩하리만치 높게 막아선 바위 절벽 때문에 무릎을 접고 주저앉았다.

시간이 흐르는지 멈추어 있는지도 알 수 없었다. 이따금 들리는 수달의 신음 소리만 아니라면 어딘가 시작도 끝도 없는 곳에

간혀 있는 느낌이었다.

어느새 달이 머리 한가운데 솟았다. 아까보다 좁은 해안이 조금 더 환해 보였다. 그제야 시간이 조금은 지났을 거라는 생각이 들었다.

이제 더는 무얼 생각할 기운도 남아 있지 않았다. 절망감이 깊어서도 그랬지만 허기 때문에도 움직일 수가 없었다.

그런데다가 바람이 스산하게 불어서 살짝 오한이 났다.

두이는 사방을 두리번거렸다. 오른쪽 옆 아래가 움푹 파여 동굴처럼 만들어진 바위가 보였다. 두이는 수달을 그쪽으로 끌고 갔다. 겨우겨우 걸음을 내디디며 수달은 연신 신음을 뱉어 냈다. 그럴 때마다 두이는 가슴이 찢어졌다.

'나 때문에⋯⋯.'

자꾸만 자책이 돼서 두이는 수달에게 한없이 미안했다.

그나마 다행스럽게도 동굴 안은 훨씬 아늑했다. 바람도 덜 부는 것 같았다. 두이는 수달을 벽에 기대도록 하고 윗옷을 벗어 덮어 주었다. 그런 다음 입구 쪽에 모래를 잔뜩 쌓아 올렸다. 그러고 나자 한기도 조금 사라지는 것 같았다.

그렇게 한참을 웅크리고 있었다.

문득 아버지 생각이 났고 엄마 얼굴도 떠올랐다. 쓰러진 아버지는 무사한지 엄마는 지금 어떤 마음일지.

'내가 말도 없이 사라져서 놀라지나 않으셨을까? 나를 찾는다고 음죽도 전체를 찾아다니고 계시는 건 아닐까?'

이런저런 생각에 머리가 깨질 것만 같았다. 그러다 생각은 또 다른 방향으로 튀었다.

'내가 공연한 짓을 한 건 아닐까? 내 몸 하나 지켜내지 못하면서 여기까지는 왜 온 걸까? 나야 그렇다 치고 아무 죄 없는 수달이는……'

그때 수달이 또 신음 소리를 냈다. 아까보다 소리도 컸고 몸을 조금씩 떨고 있었다. 혹시 하는 생각에 이마를 만져 보았더니 불덩이였다.

"수달아, 괜찮아? 제발 정신 좀 차려 봐."

어둠에 덮여 있는 수달의 뺨을 톡톡 두드리며 말했지만 신음 소리만 낼 뿐 수달은 별다른 대꾸를 하지 않았다. 이러다가 큰일이 나겠다 싶었다. 아마 물길에 휩쓸릴 때 바위에 부딪쳐 생긴 상처 때문이라는 생각이 들었다.

두이는 토굴 바깥으로 나가 남은 윗옷마저 벗어 바닷물에 담갔다가 건진 다음 수달에게 돌아왔다. 물을 짜서 수달의 이마에 올려 주었다. 그렇게 몇 번을 반복했다. 그러다가 수달이 힘겹게 입을 열어 물을 찾았다.

두이는 얼른 일어나 이번에는 절벽 틈에 난 잡풀의 큰 이파리를 뜯었다. 그리고 캄캄한 벽을 더듬어 다른 이파리에 맺히기 시작한 이슬을 큰 이파리 위에 받았다. 한참을 그런 뒤에야 이파리 위에 몇 방울의 물이 모였다. 두이는 얼른 수달에게 달려가 수달의 입안에 털어 넣었다.

"수달아! 정신 좀 차려 봐."

두이는 소리쳤지만 수달은 물 한 모금을 마시고 다시 물을 찾았다. 하는 수 없이 또 몇 번을 그렇게 왔다 갔다 했다.

그러는 사이 동쪽 바다 멀리서 은빛 띠가 보였다. 새벽이 오고 있었다. 길고 긴 밤을 보냈다는 안도감이 들면서 두이는 자신도 모르게 긴 숨을 내쉬었다. 반가운 마음에 바닷물이 발목을 덮는 데까지 걸어 나갔다. 하지만 그게 전부였다. 여전히 할 수 있는 건 아무것도 없었다.

그때였다. 뒤쪽에서 기척이 났다. 얼른 돌아보니 수달이 비틀거리며 토굴에서 나오고 있었다. 게다가 한쪽 손에는 약모밀이 들어 있는 망태기까지 들고서.

"수달아!"

두이는 재빨리 달려가 부축했다.

"왜 일어났어. 너 많이 다쳤어. 움직이면 안 돼. 내가 보기에는 갈비뼈가 부러진 것 같아. 머리 상처도 크고……."

"가!"

두이가 걱정스럽게 말하며 수달을 토굴 쪽으로 이끌었다. 하지만 수달은 그 자리에 주저앉아 알 수 없는 소리를 했다. 두이는 이러지도 저러지도 못하고 옆에 쪼그리고 앉아 수달의 눈치를 봤다. 그러자 수달이 방금 전보다 또렷한 목소리로 다시 말했다.

"어서 가라고. 물 흐름이…… 바, 바뀌었잖아."

"뭐라고?"

수달의 말에 바닷물 쪽을 바라보았다. 그러고 보니 어제 늦은 오후와는 완전히 반대로 흐르고 있었다. 그런데 그게 어떻다는 걸까. 가라니? 두이는 수달을 다시 쳐다보았다.

"너 혼자서라도 가. 어서!"

"지금 무슨 말을 하는 거야?"

"시간이 없어. 사시*가 넘어가면 다시 물살이 바뀔 거야."

"아무리 그래도 어찌 나 혼자 가라는 거야? 게다가 무슨 수로

---

* 오전 9시~11시.

198

저 음죽도까지 헤엄을 쳐?"

그렇게 말하면서 두이는 왼편 끝을 바라보았다. 음죽도가 선명히 보이긴 했지만 헤엄을 쳐서 갈 만한 거리가 아니었다. 헤엄은 물론 자맥질도 잘하는 수달이라면 몰라도 두이는 갈 수 없는 거리였다. 두이는 고개를 절레절레 저었다.

수달이 턱짓으로 저편 앞쪽을 가리켰다. 두이는 수달이 가리킨 쪽을 바라보았다. 기다란 장대 서너 개가 흩어져 있는 게 보였다. 뗏목이 깨지면서 바위 틈새 여기저기에 걸려 있는 것이었다. 문득 두이는 어제 그 장대에 가슴팍이 걸려 살아났다는 걸 깨달았다.

"저걸로 어떻게……."

"서너 개만 엮어도 너 하나쯤은 물 위에 뜨게 해 줄 거야."

"그래도 너무 먼 거리야."

자신이 없어서 두이는 세차게 고개를 저었다.

"물살이 있잖아. 물살이 어느 정도까지는 너를 음죽도 부근까지 데려다 줄 거야. 그다음에는……."

그다음에는 알지? 마치 그런 표정으로 수달은 두이를 쳐다보았다. 하지만 두이는 고개를 저었다.

"……너도 같이 가야지. 어떻게 아픈 너를 두고 나 혼자 가."

"바보야. 저 대나무가 우리 둘을 다 지탱해 주지는 못해. 그리고⋯⋯."

힘이 들어 그런지 수달은 말하다가 말고 잠시 멈추었다. 그리고 긴 숨을 내쉰 뒤에 말을 이었다.

"네가 가야 마을 사람들이랑 네 아버지를 구하지. 그래야 나도⋯⋯."

숨이 찬지 수달은 거기까지 말하고 숨을 길게 들이쉬고 내쉬고를 반복했다. 두이는 수달이 무슨 말을 하는지 알 것 같았다. 하지만 그게 맞는 말이라고 해도 솔직히 자신이 없었다. 어찌어찌 해류를 타고 두드러기형제섬을 벗어난다고 해도 그 다음은? 해류가 부서진 뗏목을 무사히 음죽도까지 데려다줄 리 없지 않은가. 지금 저편의 너울지는 물결만 보아도 겁이 났다.

그래서 두이는 솔직하게 고개를 저었다.

"난 못해. 수달이 너라면 몰라도⋯⋯."

하지만 수달도 똑같이 고개를 저으면서 말했다.

"아니, 할 수 있어. 해야 해. 그렇지 않으면 우린 둘 다 여기서 죽어."

방금 전까지 맥없이 하던 말투와 달랐다. 수달은 이번에는 끝 말을 아주 또렷하게 뱉어 냈다. 두이는 이제 자신이 결정해야 한다는 것을 깨달았다.

두이는 잠시 그 자리에 앉아서 바다 쪽을 쳐다보았다. 온갖 생각들이 빠르게 스쳐 지나갔다. 아버지와 엄마, 마을 사람들……. 그리고 눈을 돌리자 수달이 금방이라도 다시 정신을 잃을 듯 맥없이 고개를 떨어뜨린 채 앉아 있었다.

가슴이 두근거리고 손끝이 파르르 떨렸다. 허기 때문만은 아니었다. 윗니로 아랫입술을 자꾸만 뜯었다. 한참을 그러고 난 다음에 두이는 주먹에 힘을 주고 일어났다.

먼저 망태기를 어깨에 메고 수달을 내려다보았다. 수달이 기척을 느꼈는지 얼굴을 잔뜩 찌푸린 채 올려다보았다. 그러다가 한쪽 입꼬리를 살짝 올렸다가 내리더니 고개를 끄덕였다.

'괜찮아. 할 수 있어.'

그렇게 말하는 것 같았다.

두이는 잠시 숨을 가다듬었다. 그리고 약모밀 망태기 두 개를 양쪽 어깨에 둘러멨다. 그래도 혹시나 몰라서 뗏목에서 풀려나온 듯한 나무줄기를 집어 들어 여러 번 몸에 감았다.

어금니를 꽉 물고 바닷물로 들어가면서 생각했다. 지금까지 한 번도 스스로 무얼 결정해 본 적이 없었다는 사실과 지금이 그때라는 것. 두이는 한 번 더 고개를 돌려 수달을 쳐다보았다.

그리고 입속으로 말했다.

'조금만 참아. 금방 올게. 꼭!'

두이는 조심스레 물속으로 조금 더 들어갔다. 물살이 거셌기 때문에 앞으로 곧장 나가는 건 어려웠다. 먼저 앞쪽을 살펴 물살을 타고 조금 떠내려간 다음 손가락 모양으로 툭 튀어나온 바위를 붙잡았다. 그런 다음 그 위에 올라서서 부서진 뗏목이 걸쳐 있는 곳까지 징검다리 건너듯 바위와 바위를 뛰어넘었다.

다행스럽게도 굵은 대나무 네 개가 바위틈에 끼어 있었다. 대나무를 묶었던 칡뿌리도 바위에 걸려 있었다. 두이는 얼른 엉켜 있는 칡뿌리를 풀어 어제 수달이 했던 것처럼 대나무 네 개를 단단히 묶었다. 그리고 다시 한번 어금니를 물고 물숨을 살폈다. 겁이 났지만 물러날 수는 없었다.

하나 둘……. 속으로 중얼거린 뒤 두이는 단단히 묶은 대나무를 옆구리에 끼고 함께 물에 뛰어들었다. 그러자마자 거센 물결이 두이의 몸을 빨아 당겼다. 생각했던 것보다 거칠고 빨랐다. 그 때문에 자신도 모르게 비명이 먼저 튀어나왔다.

"허억!"

두이는 반사적으로 대나무를 더 꽉 움켜쥐었다. 하지만 견디기가 만만치 않았다. 물살이 거센 데다가 곳곳에 울퉁불퉁 솟은 바위 때문이었다. 대나무가 툭툭 부딪칠 때마다 가슴팍이 너무나 아파서 그냥 놓고 싶은 생각마저 들었다.

부서진 뗏목은 바위 모서리에 부딪혀 앞머리가 옆으로 홱 돌아갔다가 한참을 거꾸로 떠내려갔다. 하지만 또 무언가에 부딪쳐 한 바퀴를 팽그르르 돌았다. 도무지 정신을 차릴 수가 없었고 힘이 빠져나가서 부서진 뗏목을 붙잡고 있을 기운이 없었다.

'안 돼!'

두이는 스스로 다독이며 악착같이 부서진 뗏목을 붙잡았다. 그 덕분에 두이는 가까스로 두드러기형제섬을 벗어났다.

다행인지 불행인지 두드러기형제섬을 빠져나오자마자 물의 속도는 눈에 띄게 느려졌다. 음죽도 역시 훨씬 가까이 다가와 있었다. 두이는 안도의 한숨을 내쉬었다.

'이제 조금만 더⋯⋯.'

하지만 안심할 때는 아니었다. 물살이 느려지는가 싶더니 부서진 뗏목은 어느새 그 자리에서 맴돌았다. 이제 두이가 스스로 헤엄을 쳐야 했다.

두이는 온 힘을 모아서 한쪽 팔은 부서진 뗏목을 잡고 다른 팔로 헤엄을 치기 시작했다. 몸은 조금씩 움직여 나아갔지만 속도는 한없이 느렸다. 아니 앞으로 가고 있기나 한 것인지 알 수가 없을 지경이었다.

"하아 하아!"

입에서 단내가 났다. 어깨가 찢어지는 듯 아파서 제대로 헤엄을 칠 수가 없었다. 하지만 쉴 수 없었다. 자꾸만 불그죽죽한 얼굴로 혼자 가라던 수달이 생각났고 아버지와 엄마의 얼굴도 떠올랐다. 두이는 얼결에 중얼거렸다.

'내가 못 가면 다 죽을 거야. 아버지도 수달이도……'

조바심이 났다. 그래서 두이는 어깨가 끊어지고 심장이 터질 듯했음에도 불구하고 팔을 휘저었다. 그런데 이상한 일이었다. 그토록 온몸이 아프고 고통스러운데도 자꾸만 눈이 감겼다. 잠을 못 자서인지 배가 고파서인지 알 수 없었다.

'졸면 안 돼!'

자신에게 외쳤지만 그래도 눈꺼풀은 무겁기만 했다. 그 탓에 어느 한순간 눈을 살짝 감고 말았다. 그 바람에 품에 안았던 약모밀 망태기가 스르르 어깨에서 풀어졌다.

"안 돼!"

두이는 소리치며 약모밀 망태기를 힘껏 끌어안았다. 하지만 곧 다시 눈이 감겼다. 그래도 약모밀은 놓지 않았다. 오히려 더욱 거세게 품에 안았다.

그 섬 음죽도

꿈일까.

음죽도 포구였다. 두이가 탄 배가 천천히 선창에 가서 멎었다. 두이는 망태기를 메고 엄마를 향해 나아갔다. 엄마가 대뜸 물었다.

왜 거기까지 갔니? 꼭 그래야 했어?

꾸짖는 말투로 들려서 두이는 잠시 머뭇거렸다. 그러다가 침을 꼴깍 삼킨 다음 대답했다.

아버지가 쓰러지셨고 더 많은 마을 사람들이 죽어 갔습니다. 그럼에도 불구하고 사람들은 저만 살겠다고 달아났습니다.

그러자 엄마는 살짝 눈살을 찌푸렸다.

그들이 무얼 잘못했어? 나라의 임금도 벼슬아치도 돌보지 않는데 각자 알아서 살아남아야 할 것 아니냐? 물론 나도 그리했다. 그게 그리 큰 잘못이냐?

아닙니다. 그들은 그들의 길을 갔고 저는 저의 길을 간 것입니다.

그게 진정 너의 길이라 생각했다는 것이야? 나는 너에게 벼슬아치가 되라고…….

그래서 엄지섬으로 갔습니다. 벼슬아치가 되려는 자가 어찌 백성을 버리겠습니까? 훗날 벼슬아치가 되었을 때 무슨 낯으로 백성을 돌보겠습니까.

두이는 자기 입에서 아버지의 목소리가 나온다는 생각이 들었다. 그래서였는지 엄마는 여전히 섭섭하다는 표정이었다.

네 외할머니가 돌아가셨고 네 외할아버지가 눈을 잃었다고 했잖아?

그러나 그 말에는 대답할 게 있었다. 두이는 자신 있게 말했다.

그래서 더욱 가고 싶었습니다. 저라도 가지 않으면 또 누군가는 혈육을 잃고 눈이 멀지도 모르니까요.

엄마는 이번에는 별 표정이 없었다. 잠시 두이를 쳐다보더니 다시 물었다.

그러다가 돌아오지 못하면?

엄마의 표정이 조금 슬퍼졌다. 왜 그러는지 알 것 같았다. 그래서 두이는 힘을 주어 말했다.

아니요. 저는 돌아오기 위해 갔습니다. 돌아올 자신이 없었다면 가지 않았을 겁니다. 저는 꼭 그래야만 했습니다.

아버지를 닮았나 했는데…….

엄마가 뒷말을 흐렸다. 그때 바람이 불었다. 엄마의 뒷말이마저 듣고 싶어서 두이는 두리번거리면서 엄마를 찾았다. 하지만 그새 엄마의 모습은 보이지 않았다. 장터인지 포구인지 알수 없는 무수한 사람들 틈으로 엄마는 모습을 감추었다.

"엄마! 엄마!"

두이는 소리를 질렀다. 혹시라도 놓칠까 봐 아주 큰 소리로엄마를 불러 댔다.

"이제야 정신이 드는 것이냐?"

아주 낯선 목소리였다. 어렵게 눈을 떴지만 눈앞은 흐리기만했다. 어렴풋이 황색 물결이 출렁이는 것만 보였다. 그 때문에두이는 잠깐이지만 자신이 아직 물속을 허우적거리고 있는 게아닌가 하는 생각이 들었다. 그것이 바람에 펄럭이는 아주 커다란 돛이라는 걸 깨달은 건 조금 더 시간이 지난 뒤였다.

한 번 더 목소리가 귓전에 울렸다.

"어떻게 된 것이냐? 어디 사는 누구란 말이냐?"

두이는 한 번 더 눈을 감았다가 떴다. 그러자 비로소 눈매가 찢어진 남자의 얼굴이 눈에 들어왔다. 두이는 눈에 힘을 주어 쳐다보았다. 남자의 머리 뒤로 황색 돛이 느리게 물결치고 있었다.

사내는 병졸의 옷을 입고 있었고 그 말고도 양옆에 똑같은 옷을 입은 사람이 둘이나 더 있었다.

"여, 여기는……? 제가 살아 있나요?"

"그래. 조금만 늦었어도 물고기 밥이 되었을 것이다. 어찌 된 일이냐? 어느 섬에 사는 아이냐?"

"저는 음죽도…… 아, 수달이는요? 수달이를 구해야 해요."

문득 스쳐 간 생각에 두이는 제풀에 화들짝 놀라 일어났다.

"무슨 말을 하는 게야?"

병졸이 다시 물었다. 그러나 두이는 먼저 사방을 돌아보았다. 배였다. 병졸들이 곳곳에 보였고 누워 있을 때는 몰랐는데 돛이 두 개나 됐다. 그리고 그 돛 사이로 울긋불긋한 군기(軍旗)[*] 여러 개가 너붓거리는 게 보였다. 병선(兵船)이 틀림없었다.

---

[*]　부대를 상징하는 깃발.

아니 중요한 건 그게 아니었다.

"수달이 두드러기형제섬에 있어요! 다쳤어요. 도와주세요!"

두이는 힘을 내 소리쳤다.

"허허! 얘야, 자초지종을 알아야 도와줄 것 아니야?"

이번에는 또 다른 병졸이 말했다. 그에 아랑곳하지 않고 두이는 젖 먹던 힘까지 끌어내 말했다.

"음죽도요. 저는 음죽도에 살아요. ……엄지섬에 약초를 구하러 갔다가…… 역병을 막으려면 약모밀이 있어야 한다고 했어요. 그런데 물살에 휩쓸려 두드러기형제섬까지 떠밀려…… 아직 수달이 거기에 있다고요."

"이거 말이냐? 이게 약모밀이야? 이것이 역병에 효과가 있다더냐? 누가 너를 엄지섬에 보냈……."

병졸 하나가 약모밀 망태기를 앞으로 내놓으며 말했다. 두이는 재빨리 달려들어 망태기를 끌어안았다. 그런데 그때 병졸의 말이 채 끝나기도 전에 뒤편에서 누군가 다가오면서 소리를 높였다.

"어찌 된 것이냐?"

붉은색 도포를 입은 사람이었다. 틀림없이 직책이 높은 관리였다. 아니 가만히 보니 낯이 익었다.

"나리, 바다에 표류하고 있는 아이를 구했더니 음죽도에서 왔다 하옵니다. 엄지섬에서 약초를 구하러 나왔다고는 하는데……."

붉은색 도포를 입은 사람은 진도에서 보았던 현감이었다. 아무도 진도에 내릴 수 없다며 목청을 높이던 그때의 모습이 생각났다. 그 옆에는 남색 도포에 작은 초립을 쓴 남자가 따르고 있었다. 뱁새눈이에 말코였다.

"음죽도라니? 출입을 금하고 있는데 누가 하물며 어린아이를 섬 밖으로 내보냈단 말이냐?"

"그것은 아직……."

현감의 말에 맨 처음 보았던 병졸이 더듬거렸다. 그러자 현감은 다시 두이를 향해 물었다.

"상세히 말하거라. 너의 아비는 누구이며 누가 섬 밖으로 너를 내보냈느냐?"

목소리가 쩌렁쩌렁 울렸다.

"저의 아비는 조 낙(樂) 자에 천(天) 자를 씁니다. 딱히 누가 보낸 것이 아니옵고……."

"조낙천……?"

"오래전 음죽도에 역모의 죄를 짓고 귀양을 왔다가 약초쟁이

남확의 여식과 혼인한 자입니다."

현감이 고개를 갸웃거렸고 뱁새눈이 초립의 사내가 옆에서 말했다. 그런데 '역모'라는 말이 두이의 머릿속을 휘저었다. 두이는 자신도 모르게 고개를 쳐들고 말했다.

"역모라……?"

"귀양 온 지 예닐곱 해 되는 때에 죄를 벗었으나 돌아가지 않고 여전히 섬에 남아 약초를 캐고 있다 들었습니다. 마을 사람들 사이에서는 신망이 높다 합니다."

"지금 역모라 했는가?"

두이는 '역모'라는 단어가 자꾸만 귀에 거슬렸다. 다른 말은 다 덮어두고 역모라는 말만 큰 소리로 되물어서 그런지 몰랐다. 무슨 뾰족한 바늘이라도 되는 듯이 그 말은 두이의 심장을 아프게 찔렀다. 그 때문에 가만히 있을 수가 없었다. 두이는 자신도 모르게 목소리를 높였다.

"역모라니요? 저의 아버지는 백성을 위했을 뿐입니다. 그게 어찌 역모입니까. 게다가 역모의 혐의는 진작에 풀렸고……."

"뭐라는 것이냐? 뉘 앞이라고 함부로 나불대는 것이야?"

두이의 말에 초립의 남자가 호통을 치며 작은 눈을 매섭게 떴다. 그 말을 듣고 나서야 두이는 자신이 말을 잘못 꺼낸 것이 아닌가 생각되었다. 오랜 시간 동안 바닷물과 싸우느라 몸이 지쳤고 그 바람에 정신마저 무너진 탓이라 여겨졌다.

두이는 얼른 말꼬리를 내렸다.

"저는 다만……."

"그래서 네 아비가 보냈다는 것이냐? 그야말로 역모가 아니면 무엇이냐? 어명으로 출도(出島)*를 금했다고 하였는데 네가 지금 여기에 있지 않느냐?"

"아닙니다. 저의 아비가 보낸 것이 아니라 스스로 예까지 왔습니다. 아비는 섬사람들의 역병을 돌보다가 쓰러졌습니다."

초립의 남자가 몰아붙였지만 두이는 차분하게 대답했다. 그런 용기가 어디서 나오는지 알 수 없었으나 정신을 놓지 말아야겠다는 생각만은 분명히 들었다.

"허허! 그 말을 믿으란 것이냐? 그렇지 않아도 역병을 피해 알섬으로 도망가는 자들이 많다고 들었다. 너도 그 무리 중 하나가 아니더냐? 그 또한 죄를 물어 벌로 다스릴 것이다."

"아닙니다. 저는 약초를 캐러 왔을 뿐입니다."

"그러니까 어서 바른대로 고하여라. 누가 배를 내준 것이냐?"

---

* 섬을 떠남.

초립을 쓴 남자는 당장이라도 목을 쥘 기세였다. 하지만 그럴 수록 두이는 오기가 생겼다.

"약초가 있어야 역병에 효과를 본다 하여 몰래 빠져나왔습니다."

"이놈이 정말……."

기가 막힌 건 두이였으나 초립의 남자는 도리어 혀를 찼다. 그런데 그때 현감이 나섰다.

"시끄럽구나. 음죽도의 상황을 대략 파악했으나 배를 돌려 진도로 돌아갈 것이다. 저 아이는 데려가서 더 문초하여라."

순간 두이는 가슴이 철렁 내려앉았다. 두이는 현감의 발아래 엎드렸다.

"안 됩니다. 친구가 물살에 휩쓸려 크게 다친 채 두드러기형 제섬에 있습니다. 살려 주십시오. 그대로 놔두었다가는 죽습니다."

그러나 병졸 둘이 두이를 물리쳤다. 동시에 초립의 남자가 소리쳤다.

"네 이놈, 목숨을 살려 준 은혜도 모르고 어찌 이토록 나대느냐?"

그러나 두이는 그 말이 귀에 들리지 않았다. 수달의 얼굴만 떠올랐다. 두이는 한 번 더 외쳤다.

"나리! 제발……."

"여봐라! 저놈을 당장 선미* 기둥에 묶어 두어라. 진도에 가서 단단히 문초할 것이다."

두이의 말이 끝나기도 전에 초립의 사내가 소리를 질렀다. 그러자마자 병졸 둘이 두이에게 달려들었다. 하지만 두이는 바닥에 놓여 있던 망태기를 얼른 집어 들고서 재빨리 배의 한쪽 난간으로 달려갔다.

"안 됩니다. 저를 진도로 데려가시려면 차라리 다시 바다에 던져 주십시오. 저는 음죽도로 가야 합니다."

"허허! 저놈이 그래도…… 어서 이리 오라는데도?"

"절대 안 됩니다. 음죽도에 내려 주지 않으실 거라면 제가 뛰어들겠습니다."

두이는 배의 난간으로 올라섰다.

"이놈, 멈추지 못할까!"

초립의 사내가 아예 손짓까지 하면서 말했다. 두이는 뒤를 돌아보았다. 시퍼런 바닷물이 찰랑댔다. 솔직히 다시 저 바닷물로

---

* 배의 뒤쪽.

뛰어들 용기는 없었다. 그럴 기운도 남지 않았다. 더구나 이제는 부서진 뗏목마저 없었으므로 바다로 떨어진다면 다시는 물 밖으로 나오지 못할 것만 같았다.

그때 현감이 나섰다.

"멈춰라! 네놈이 아주 오만방자하구나. 뛰어들 테면 그리 해보거라. 설사 운이 좋아 살아남는다 해도 너와 너를 이리 가르친 네 아비까지 붙잡아 책임을 물을 터이니 그리 알아라. 한 번의 역모는 어찌어찌 목숨을 건졌을지 모르나, 두 번이나 역모를 저지르고도 무사한지 볼 것이다."

다시 역모란 말이 가슴을 찔렀다. 두이는 머릿속이 하얘지는 것을 느꼈다. 그 바람에 입에서 튀어나오는 말을 막을 수가 없었다.

"나리, 어찌 역모란 말만 하십니까? 그럼 역병을 잡으려 하지 않고 쉬쉬하며 뱃길을 막아 약재 하나 들여오지 못하게 하여 수많은 백성의 목숨을 잃게 한 나리의 죄는 누가 묻습니까?"

"뭣이? 지금 뭐라 했느냐?"

"제 아버지가 이르기를 진정한 벼슬아치는 백성을 위해야 한다고 했습니다. 하물며 벼슬아치도 아닌 한낱 약초쟁이에 불과한 제 아버지는 백성을 살리고자 환자를 돌보는데 나리께서는 무얼 하셨습니까? 왕께서 백성을 지키라 한 자리에서 오히려 뱃길을 막아 살고자 하는 백성마저 겁박하지 않았습니까. 나리의 그 죄는 누가 물어야 하느냐고 여쭈었습니다."

악을 썼다. 현감의 말이 사실이라면 어차피 살아남지 못할 것이었다. 몸과 마음이 다 지쳐서 정신이 오락가락했다. 앞뒤를 가려 말할 만큼 정신이 맑지 않았다. 그럴 바에는 하고 싶은 말이나 다 해 보고 싶었다. 말갈망을 못 해도 어쩔 수가 없었다.

현감의 얼굴이 붉어졌다. 화가 났는지 몇 걸음 다가와 몸을 부르르 떨었다. 그런 현감 대신 초립의 남자가 끼어들었다.

"네놈이 진정 죽고 싶어서 환장을 했구나. 아비가 역모를 하더니 그 자식 또한 천지분간을 못 하는구나. 진도로 가면 단단히 물고를 낼 것이다! 네 아비 또한 무사하지 못할 테니, 그리 알거라!"

소리가 높아 귓가를 쩌렁쩌렁하게 울렸다. 하지만 두이는 대꾸하지 않고, 대신 어금니를 꽉 물었다. 그리고 잠깐 현감을 노려보다가 돌아섰다.

두이는 배의 난간으로 올라섰다. 한 손으로는 난간을 붙잡고 있었지만 다리가 후들거려서 금방이라도 주저앉을 것만 같았다. 더구나 배가 물결에 따라 출렁거리고 있어서 오래 버티지 못할 게 뻔했다.

비로소 두이는 입을 열었다.

"어차피 여기서 살아남아도 곧 죽을 목숨이면, 기꺼이 음죽도에 가서 죽겠습니다. 여기 이 풀때기 한 뭉치가 한 사람이라도 더 살릴 테니 그 편이 더 낫지 않겠습니까?"

도대체 누가 말하고 있는 걸까. 틀림없이 입은 살아서 움직이는데 두이는 그것이 제 말 같지가 않았다. 자신의 몸속에 또 다른 누군가가 있는 게 아닌가 하는 생각마저 들었다. 그러나 그 말은 초립의 사내를 더욱 노엽게 만들었다.

"뭣이? 이런 매욱한 놈을 보았나. 네가 미쳐도 단단히 미쳤구나. 네놈의 소원이 그렇다면 그리 해 보거라. 어서!"

그 말에 두이는 정말 마지막이란 생각이 들었다. 더 이상 버텨 봐야 소용없을 것 같았다. 두이는 한 발을 난간 밖으로 내놓았다.

그때였다. 현감이 앞으로 나섰다.

"멈춰라!"

그 말에 초립의 사내와 병졸 둘이 그 자리에 섰다. 두이는 얼결에 놓을 뻔했던 난간을 다시 붙잡았다. 그리고 숨을 죽였다. 그런 뒤에야 현감이 뒷말을 이었다.

"내가 한 가지만 묻자. 도대체 네놈이 이러는 이유가 무엇이냐? 정말 죽는 게 두렵지 않단 말이냐?"

그 말에 두이는 침을 꿀꺽 삼켰다. 그런 다음 대답했다.

"두렵습니다. 하지만 두렵기는 나리도 마찬가지 아니십니까?"

"무슨 말이냐?"

"살아남은 사람들이 나리를 원망할 것입니다. 백성들이 눈앞에서 죽어 가는데 아무도 살리지 않았다고 말입니다. 그런 원망이 두렵지 않으십니까?"

"무어라?"

"또한 죽은 자는 죽은 자대로 귀신이 되어 나리의 발목을 붙잡고 늘어질 것입니다. 그리하면 살아 있어도 죽은 것만 못할 것입니다."

그 말에 현감의 눈썹이 꿈틀거렸다. 바람 때문인지 배가 흔들려서인지 몸을 파르르 떠는 것 같았다.

현감은 잠시 아무 말도 하지 않았다.

얼마의 시간이 더 지났다. 이제는 더 이상 버틸 기운이 없었다. 할 말은 다 했다 싶었다. 그것이 자신의 머리에서 나왔는지 아니면 또 다른 누가 머릿속에 들어가서 채근하듯 뱉어 낸 말인지 알 수 없었지만.

그런데 그때 현감이 병졸들을 향해 외쳤다.

"배를 돌려라. 음죽도로 간다. 뒤따르는 병선에 신호를 보내 한 척을 두드러기형제섬으로 보내라."

"하아!"

그 말에 두이는 깊은숨을 내쉬었다. 동시에 티끌만큼 남아 있 던 힘마저 스르르 빠져나가는 느낌이 들었다. 그러자마자 자신 도 모르게 난간을 붙잡고 있던 손을 놓고 말았다.

"아앗!"

두이의 몸이 허공에 둥실 떴다. 몸은 바다를 향해 스르르 무 너져 내렸다.

이제 끝인 거야?

자신에게 묻고 얼결에 한두 번 허공에 대고 고개를 끄덕였다. 아니 그러는가 싶었는데 무언가가 뒷덜미를 잡아챘다. 몸은 다 시 떠올랐고 잠시 후 배 안에 툭 떨어졌다. 두이는 바닥에 널브 러진 채 잠깐 동안 꼼짝도 하지 못했다.

"이놈아, 정신 차리거라!"

누군가 뺨을 때렸다. 하지만 두이는 무어라 대꾸하지 못했다.

그때 귓속으로 여러 사람의 말들이 오고 갔다.

"나리, 어쩌시려고 음죽도로 가십니까? 형편을 둘러보았으니 서둘러 진도로 돌아가셔야 합니다."

"아니다. 음죽도 사람들도 우리 백성이다. 내가 직접 가서 살펴야겠다."

"하지만 아직 역병이 잡히지 않았습니다. 위험합니다. 저런 하찮은 아이의 말을 들을 때가 아닙니다. 조정에서도 역병을 잡지 못하면 버리라 하였습니다."

"그 말은 곧 잡을 수 있으면 버리지 않아도 된다는 뜻 아니냐? 어서 음죽도에 신호를 보내 포구를 열게 하라. 두드러기형제섬에 배를 보냈느냐?"

그런 말들을 들으며 두이는 살며시 눈을 떴다. 아까보다 황포 돛대가 더욱 힘차게 펄럭이고 있었다. 그것을 바라보면서 두이는 중얼거렸다.

"조…… 조금만 기다리세요. 조금만요……."

말을 마치자마자 두이는 그게 누구에게 말한 걸까 잠시 생각했다. 몹시 야위어 보였던 아버지가 떠올랐고 어쩌면 내음죽도로 달려왔을 엄마의 모습도 스쳐 지나갔다. 그리고 먼저 가라던 수달의 얼굴도 생생하게 눈앞에서 어른거렸다. 그래서 두이는 온 힘을 다해 일어났다.

"얘, 괜찮은 것이냐?"

누군가 따르며 어깨를 잡아 주었다. 그러거나 말거나 두이는 배 앞쪽으로 나아갔다. 음죽도의 산 그림자가 성큼 다가왔다. 두 눈에 힘주어 파리한 산등성이를 바라보며 두이는 조금 더 걸었다.

배 앞머리에 병졸 한 명이 서 있었고 그의 등 너머로 음죽도 포구가 눈에 들어왔다. 선착장에 몰려선 병졸과 음죽도 사람들의 모습도 보였다.

하아!

두이는 안도의 숨을 몰아쉬었다.

그때 포구로 몰려든 사람들 틈에서 두이는 엄마의 모습을 보았다. 아니 엄마가 그 어딘가 있을 것이라고 믿었다. 섬에서 들려오는 대나무의 울부짖음도 들렸다. 거기에 엄마의 울음소리가 묻어 있었다.

그래서 더 힘을 내 말했다.

"괜찮아요. 저 다시 돌아왔으니까요……!"

1

2020년 봄, 모든 학교가 문을 닫았습니다. 학교 수업은 온라인으로 전환되었습니다. 친구를 만날 수 없었고, 야외 활동이 금지되었어요. 그렇게 우리의 평범하기만 했던 일상이 멈추었습니다. 한 번도 상상해 보지 않았던 일들이 사람들을 당혹스럽게 했습니다.

하루아침에 변해 버린 세상은 일 년이 지나도록 원래대로 돌아가지 않았습니다.

그런데 이런 재난은 아주 오래전에도 있었습니다. 중세에는 페스트가 유럽을 휩쓸었고, 스페인 독감은 우리나라까지 번져와 수많은 사람이 목숨을 잃었습니다. 물론 이런 팬데믹 말고도 수많은 재난이 수시로 일어났고, 역사에 기록되었지요.

2

궁금했습니다. 도대체 그때는 어떻게 재난을 견뎌 내고 다시 일상을 찾을 수 있었을까. 그저 시간이 흘러 스스로 전염병이 사라진 것은 아닐 게 분명했습니다. 틀림없는 사실은, 언제든 재난이 휘몰아치면 대부분의 사람은 겁을 먹고 피하고 달아나고 서로 외면했다는 것, 그러나 한편에서 누군가는 끊임없이 재난에 맞서 싸웠고, 그 덕분에 위기를 벗어날 수 있었지요. 우선은 그들의 삶을 찾아서 들여다보고 싶었습니다. 그들은 과연 어떻게 일상을 되찾았을까요?

그리고 그 속에 남겨진 열여섯 살 아이들이 궁금했습니다. 그런 시대에 아이들은 그저 '아이'에 불과했을까. 지금 우리가 그러하듯, '아이'는 늘 어른들이 일러 주는 길로만 가고 있었을까. 이렇게 세상을 뒤흔드는 엄청난 재난 앞에서는 어땠을까. 앞으로 남겨질 미래는, 어른들이 아닌 '아이'들의 것인데, 그건 알고 있었을까. 그래서 더 궁금했습니다. 과연 눈앞의 삶을 송두리째 빼앗긴 시간 앞에서 '아이'는 그저 나약한 아이일 뿐이었을까.

3

정조 대왕이 세상을 떠나고 순조가 나라를 통치하던 어느 날, 알 수 없는 전염병이 도성을 휩쓸었습니다. 하루 만에 삼백 명이 죽고, 열흘 만에 천 명이 죽었다는 소문이 돌았지요. 그곳에 소년이 있었습니다. 그렇지 않아도 소년은, 지금도 많은 아이가 그렇듯 시험받고 있었습니다. 아버지는 소년에게 초야에 묻혀 이웃을 위하며 살라 했고, 어머니는 벼슬길로 나가 입신양명하라 했습니다. 그런 중에 역병이 마을을 휩쓸었습니다.

다만 이 이야기의 무대를 남해의 한 섬으로 옮겼습니다. 우리가 마음속에 그리고 있는 바로 그 섬이지요. 나는 그 섬을 '대나무가 우는 섬'이라는 뜻으로, '음죽도'라 부르기로 했습니다. 중요한 것은, 음죽도는 남해안에 있을 법한 가상의 섬이 아니라 지금 우리가 살고 있는 그 어떤 곳의 다른 이름이라는 것입니다.

소년에게도, 그리고 지금 우리의 눈앞에도 '한 번도 경험해 보지 못한' 두려운 현실이 놓여 있습니다. 그때의 주인공 두이가 지금 우리들의 다른 이름이라는 의미이기도 합니다.

소년은, 그리고 우리는 일상을 되찾을 수 있을까요?

한정영